文字的虎皮花纹

冯杰 著

天津出版传媒集团

百花文艺出版社

图书在版编目（ＣＩＰ）数据

文字的虎皮花纹 / 冯杰著 . -- 天津 : 百花文艺出版社 , 2023.1

ISBN 978-7-5306-8460-3

Ⅰ . ①文… Ⅱ . ①冯… Ⅲ . ①小品文 – 作品集 – 中国 – 当代 Ⅳ . ① I267.3

中国版本图书馆 CIP 数据核字 (2022) 第 241000 号

文字的虎皮花纹

WENZI DE HUPI HUAWEN

冯　杰　著

出 版 人：薛印胜

责任编辑：王　燕

装帧设计：彭　泽

出版发行：百花文艺出版社

地址：天津市和平区西康路 35 号　　邮编：300051

电话传真：+86-22-23332651（发行部）

　　　　　+86-22-23332656（总编室）

　　　　　+86-22-23332478（邮购部）

网址：http://www.baihuawenyi.com

印刷：天津新华印务有限公司

开本：880 毫米 × 1230 毫米　1/32

字数：100 千字

印张：7.875

版次：2023 年 1 月第 1 版

印次：2023 年 1 月第 1 次印刷

定价：50.00 元

目　录

刻字

刻字

晴耕雨读

　　"晴耕雨读"包含一分温润情怀，恬静、清澈，是一种心境妥帖与安慰，不高雅也不难做，不复杂也不深奥。

　　它没有那种"天降大任于斯人"的万丈豪气和使命感，也没那种"达则兼济天下，穷则独善其身"的怨意与牢骚。它是与自然有个约会，去默默做自己应做的、能做的事。更多是天人合一，听从自然，遵命自然，既不当自然的主人，人定胜天，也不做自然的奴仆，它是自然的好友与故人。

　　在一个物欲横流的世界，这四字是飘过的一丝茶馨，是静坐与清凉。

　　天晴了，去播种，用虔诚、执着，用手、用心，善待田地上每一株小苗；雨来了，就转身回屋，持册相坐，若垂玉帘，与雨而语。

在乡下，记得外祖父肩上背一个箩筐去田野，几乎每天都这样，有时甚至空着。雨天，箩筐要放到屋里，让箩筐也躲躲雨。然后他静坐门槛，看一册他昔日用粮食换来的典籍。我一直记着，在一挂薄薄雨帘的后面。书卷与干草。

外祖父也许什么也没想。

将这种境界引入到人生，该又是一种平常栖居的方式，是一种散淡的乡村处世态度。感谢北中原的童年乡村，给过我这样一个关于雨、关于乡土与书的透明的片段。

我想把"晴耕雨读"去做这一种读法的析释。

三十多年后，我写了这样一个匾额，挂在院子中门楣之上，每每经过时抬头，就能读到。

很简单。仅仅四个字。

"晴耕雨读"。

2003 年 5 月

写字技巧
如摘樱不
料著書
乳如麻
有更捕風
捉字忙
有更畫字
人眼花
壬寅初春
中原馮傑

再到"读雨耕晴"

话说那一块"晴耕雨读"的牌匾，在我乡下的听荷草堂悬挂了十多年，且上了两次桐油，我也没有做到这一习惯。但有一点达到了摆秀。

在2014年秋天，几位外地文友酒后，问我到听荷草堂去收门票否？我就说收。一友人醉眼蒙眬，把"晴耕雨读"念为"读雨耕晴"属于点睛。真是一个美丽的错误。

这一发音让我大为喜悦，细细一想，这个读法比"晴耕雨读"更有诗意，幡然出新，竟多出一境。

读雨，肯定是在雨日，罢书而读雨，自然灵活，由读字、读书，到读人，到读自然。耕晴比耕地更给人无穷的想象。比耕云播雨也妙。单单来耕耘晴朗天空。

　　更简单。却不简单，我以后再创新，就写这四个字："读雨耕晴"。

2014年9月1日来郑晚雨

童谣时代

　　小时候，童谣能裹在手帕中，装在书包里，卧在牛背上，叠在蜻蜓翅膀上……那些童谣像一棵棵风中青草，上面沾满透明露水，摇摇欲坠，散发出乡土草木气息。风格清新、拙笨、朴实。

　　一个从滑州来到城市的表妹作家被二大娘称为"柴火妞"。我说你不是柴火妞，早已失去柴火的质朴，在城市里充满城市人的心机。一身都是兜。两眼聪明。

　　现在学校普及的童谣像什么？像刷满颜色的塑料机制品。塑料童谣。

　　一个与世界接轨的现代化年代，什么样年代出什么样文艺。柴火妞如是说。

2006 年 11 月 2 日

星河垂落

星河垂落也
憶童年時代舊夢
乙亥末客鄭馮傑

童年的道理

　　在乡下，据说孩子五岁以前，是能看到乡村游走的灵魂。天上，地上，人间。

　　童年时，在北中原经常有这种感觉，鸡鸣之声像一道清晰的界线，划开一天最早的时辰，成了夜与昼、光明与黑暗的界碑。

　　那里有一条细线。

　　我相信那种最初的感觉，这是作家以童年做一杆标尺的道理。

2006 年 9 月 30 日

　　　　文字的虎皮花纹

咸鸭子

在乡村第一次吃咸鸭蛋，是道口镇亲戚送来的礼物。过去只见过鸡蛋。我好奇，问村里一位知识极为渊博的人，我二大爷挠挠头，他想想，对我绕了一个大弯子：

"咸鸭蛋嘛，就是专门养的一种咸鸭下的蛋。"

我相信了。

所以，我以后能成为一个诗人。

2007 年 10 月 24 日

文字的虎皮花纹

童年记事
——王新秤的故事

"度量衡"是名词。到我在乡村上小学时，早已被秦始皇统一了。有一次，数学老师上课，对我的观念大为不满："哪有半斤等于八两的？这不是胡闹吗。"

邻桌的同学擦一下鼻涕，争辩道："我在作文里写了个半斤五两，结果让语文老师批评了一顿，语文老师说，过去古代的老秤都是十六两一斤的，半斤就是等于八两，这是历史知识。"

数学老师那时年轻，刚刚毕业，血气方刚，他脸忽然红了："这我不管，上语文课时，你们尽管去用老秤，上我的数学课时，大家必须用社会主义的新秤，十两一斤的。"

这位老师姓王，以后，我们背后就叫他"王

刻字

新秤"。

　　二十多年之后，一天，我见到他被一家超市商场聘为会计，老师正在快速地使用着计算机。

2006 年 10 月 9 日

文字的虎皮花纹

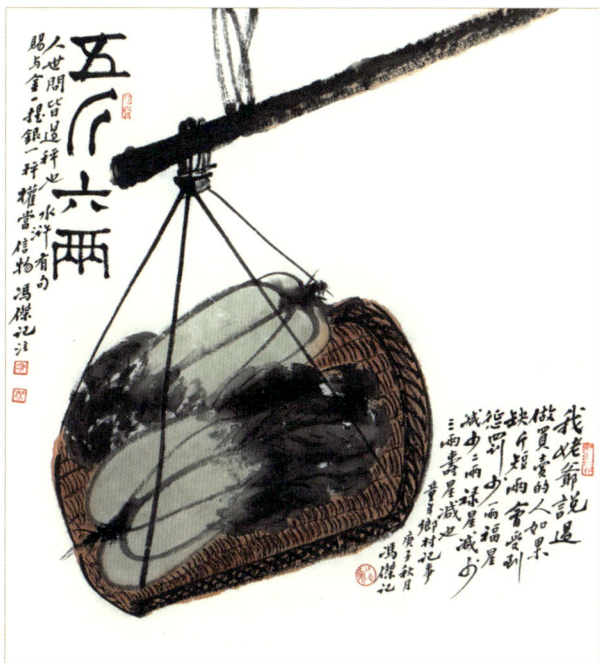

五斤六两

刻字　　　015

母亲种菜的收支表

　　母亲每年都在听荷草堂院里种菜，支多收少。以2003年为例，我是一名银行小职员，照业务习惯，我做了一次粗糙的"报表审计"。

　　春天，买品种黄瓜籽一包，二元；做瓜架用的青竹竿十五枝，计一元五角；豆饼一袋做肥料，计二元；浇水用的皮管三米，计十元。每天除草整理，工钱可计可不计。我们小城里小工今年每天也得开十元，按说母亲在老弱范围，得取最低价，但因为是我母亲，我就开十五元的天价吧。

　　以上合计共计二十元零五角。

　　再说黄瓜。话说黄瓜苗先长出乳牙，然后，它再抬脚、舒身。黄瓜蔓在一天天上升，这时，母亲还要捻几绺小麻绳，将瓜秧系牢，免得月夜里上升

绿柿子挤
到红柿子裡
是为了取暖
壬寅春
冯杰记

刻字　017

的瓜蔓看不清路，一时跌足摔下，摔了骨朵儿。

最后才说结瓜。黄瓜还没来得及伸腰，就被我小儿子提前掐去，他把上面的绿刺用手一捋，不洗，然后，是"咔嚓咔嚓"的声音。

由于黄瓜生长的速度远远跟不上牙齿的速度，一季下来，黄瓜们共结了十来根。这时候，我们小城菜场黄瓜已经上市，穿梭在开封、郑州的蔬菜大车。黄瓜贱时，一元钱可以买十多斤。想想，二十元那是什么个概念？一小车。

原来母亲在干着一件"以多胜少"的事。

我一说破，全家人都笑了，小儿子最得意，不齐的乳牙一笑，便如母亲初春时种下的一排黄瓜籽。

这是当年记事。

2003 年 7 月 30 日

把牛系到腰上

我六岁开始上学。腰中束的一条腰带是母亲用蓝布做的,结实、柔韧。肚子饥时就松,老是感觉裤子要掉下来,两手往上一使劲就稳住了,养成一个习惯动作。有时候不小心打一个死结,解不开,内急时几乎要拉到裤里。情况很险。

慈周寨有一个四姥爷,来看望我姥姥。姥姥疼外甥,对我说,让你四姥爷给买一条束腰带。

我四姥爷来我家,早上起来,我在他面前开始说腰带快断了。四姥爷马上带我到孟岗供销社,挑一条最贵的牛皮腰带。两块钱一条,正宗牛皮。

以后上学课余间,我在同学面前不时亮一下牛皮腰带。大家都是布腰带,全班就我有一条牛皮腰带。感觉成绩也开始上升。

刻字

有一次正亮腰带时，一位同学惊叫道，看你肚皮上那黑泥。

以后，我不再轻易展示腰带了。

四姥爷买的这条腰带束了多年，直到有一天，咔嘣一声，皮带扣开了，腰带也断了。要不是真牛皮肯定撑不了这么多年。

在小镇上，卖牛皮腰带的小贩卖法独到。牛皮货真价实，会展开一张熟好的牛皮，像一张河南地图，铺在地上，当面让人来割。我也割过一条。后来专成一文。

我当了画家，有次为一位老板画了幅画，没要钱。他过意不去，说给你买一条最贵的腰带。他带我到一家号称"意大利皮草店"。刷卡，买下六千元一条的腰带，说是爱马仕皮带。

朋友见过世面，谦和地说，这不是最贵的爱马仕，全郑州没有真的。对我说，皮带要适合自己的身份，又体现自己的个性。合适的款式更能体现时尚指数。他说的我都不太明白。

那年，母亲还没去世，母亲后来听后不信，说哪有这么贵的腰带？腰里还不系头牛吗？

过去村里牛肉六块一斤，还嫌贵，现在六十块一斤，还是嫌贵。此时的六千块能买那时的一头肉牛。

　　我系上爱马仕名牌腰带，开始有点不习惯，觉得和童年布腰带差别不大，试用阶段有次内急，也几乎犯错误。腰带还是想松，裤子要掉下。

　　世界上果然有懂行人家，别人请我画画，在座宾客都是商界名流，都懂艺术，是一群儒商。画好后，一片叫好，一个端红酒的妇人没评我的画，只说：我懂，你的是爱马仕皮带。

　　我脸一红。以后不再束那条腰带了。

2013 年 11 月 17 日

春节旧事

在北中原最盼望是过春节。在我眼里，那是人生盛宴——因为能吃到肉与白馍。

春节现在如一截慢慢变白的火炭，在记忆中成了半缕剪断的废烟，遥遥地晾晒在长河那岸。

我家庭不富有，至今档案成分填写的是"贫下中农"，像所有中国乡下人一样，平时"清心寡欲"，只等春节到来，"灯红酒绿"几天。

馍是要一律蒸成白面馍的，不掺一点平时吃的杂面，连夜蒸上几十个馒头，第二天，在一方簸箕里如半塘莲花开放，当然，是指白莲花，不然这比喻不贴切。

肉是几家亲戚共同杀一头猪。分肉。觉得杀猪最是好看，那猪叹息一阵，还没有感叹出一番人生大哲理，就在热锅里得道成仙了。

当然白馍是不能永远吃下去，眼看着缸里白面一天天瘦下去（可见白面多不禁吃）。过了正月初六，家家一定是要换成玉米面或高粱面馍。又开始过以往日子。

童年养成的习惯，让我至今对粮食怀有一种独特情感。

粮食是什么？外祖父常常说："那是乡下人的指望啊！"

我甚至还做过这样的一个梦：世间的全部粮食竟会在某一日骤然告别人类。这梦使我恐慌而醒。那时才十多岁。

现在，孩子每掉在桌上一粒米，我都会唬成一张铁板脸，说："吃下！"

孩子就满脸惊奇，说这种行为是不卫生的。

那时，白馍尽管蒸了，簸箕都装满了，必须要接待完所有亲戚后，才可放心大胆去吃。

时间一长，馍便风干了，裂开一道道小缝，整个馍像苏联要"解体"一般。仍让母亲在簸箕中保存着，如珍惜着一件赝品的玉器。她在等着最后一家亲戚来。

亲戚总没来。

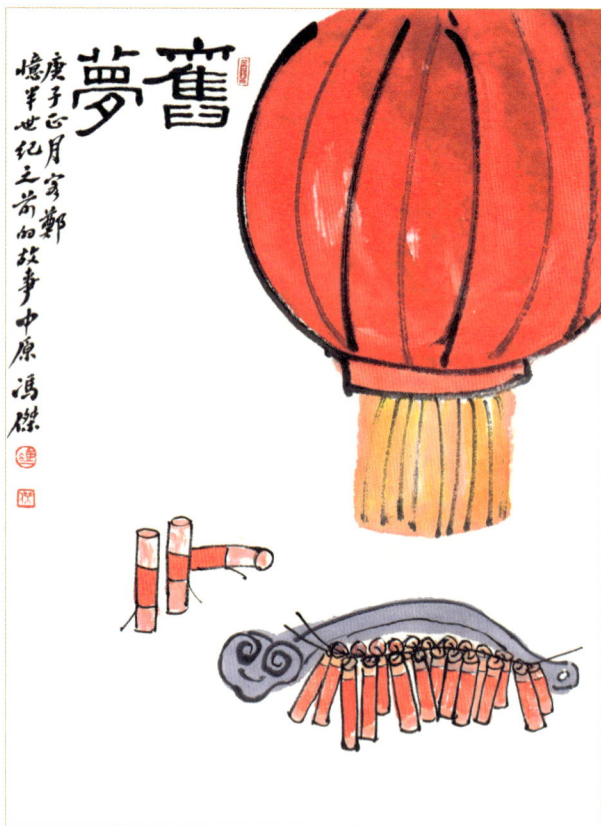

舊夢

庚子正月寫鄭
憶半世紀之前的故事中原 馮傑

文字的虎皮花紋

不知又过几日，忽听门外一声梆子响，来人了，却是对岸山东菏泽因发大水闹饥荒要饭的。手执片竹板，唱"莲花落"。

来人要春节馍，在门口对母亲说，那馍能治病，吃了那馍一年都有好兆头。

鬼才相信这诓话？能治病也是治肚饥。

我忽地把棍横了出来，看到门前一个乡村妇人牵着一个孩子，孩子吓得双眼呆呆地看着我，如两枚棋子，面孔像照片上一个非洲来的饥饿孩子。

心善的母亲信以为真。或许她也不想点破。很快拿出簸箕中剩存的白馍，是为亲戚专留的。那馍发了绿醭，淡淡的，如一块圆玉上生满一层青苔。

我听到那梆子声清脆地一响，"莲花落"又开始。然后，声音碎在小巷尽头的青石板路上。成霜了。

是二十五年前的梆声，平静如水。

1994年1月26日

刻字

鹅冠灼手

鹅冠的用处是用于烤火。由于烘烤过诗句。

白毛绿水，红掌清波。简直是骆宾王八岁那年淘气，把彩料盘子打翻在地的意象。

历史上，与鹅话题密切的应该是爱鹅的王羲之，这是文人画的常用题材。任颐任伯年画得最好。后来是徐悲鸿，再后来是琉璃厂造假者。都不容易。

我们乡下人不知道王羲之，只知道在乡村养鹅，鹅除了下蛋外，还有一种功能，就是防盗看家。在乡下我家养过一只白鹅，遇生人就会叫个不停，扇翅往前扑。养鹅比起养狗更是一举两得，起码鹅不会屙狗屎。

我们邻村，村名就叫"赶鹅"，叫得有点奇怪。

村里人告诉我，传说当年有个仙人，赶着一只鹅在北中原行走，据说这是聚赶风水的一种行走方式，需要耐心。走到这个村时，因受到欺负，仙人却坐在鹅背上飞走了，像骑着一只白鹤。这地方后来就叫赶鹅。过去我家还有亲戚在那里，小时候走过亲戚。再说这些都是往事。

要写村志，我会以这样一方朱砂红的鹅冠开头的。若一朵红莲。

这个乡村传说有点像魔幻现实主义小说的片断，是地道的北中原乡村版。我童年时代就是经常在这种乡村传说里穿行的，有一年做梦，长了一身雪片般的鹅毛，戴着一方鹅冠，我飞了起来，到一个遥远未名的地方。

醒来时，我哭了。

2006年9月25日

割断了胡子再飞

月光和茶叶正在白水里缓缓展开。张岱本该是魏晋时代的人，喝醉酒了，脸红。时空交错，就跑出竹林，才弄成明末清初的模样。

明清鼎革之际，内忧外患，无数士子出于对社会黑暗绝望之余，纷纷追求个性，纵欲声色犬马，风花雪月，入情与山水之间，似乎成了一种时尚。就像现在人向往城市。穷奢极欲之时，也就不以为耻，反以为荣了。

与钱谦益们之流相反，张岱淡泊功名，就显得段位更高。

他什么都懂，只要是艺术的。都会玩。张岱有纨绔习气，名士之风，那篇《自为墓志铭》是一篇天下奇文，可谓胜过十部"沉思录"。

明亡后，他"国破家亡，无所归止，披发入山，骕骕如野人。"（骕骕同骇骇，战战兢兢）即便是这样，也不随清人剃度。

他就写文章把玩。小品圣手。《峨眉山》里感叹一块顽石，被冒名顶替。最后写道："山果有灵，焉能久困，余为山计，欲脱樊篱，断须飞去。"尽管发泄才高命蹇，不胜其愤，但他更多了一分自信，一切都是扯淡，要紧的是割断了胡子赶紧飞去。

早年我曾写文章，将张岱这些人喻为植物里的荆芥，薄荷。若出场，满是异香。

张岱说："饥饿之余，好为笔墨。"真是奇怪的句子，我参加工作后都是"闲暇之余"才好为笔墨，他是在饿肚皮时，难道好文章竟能抵抗饥饿？

刻字

兔子，快跑！

　　国内仓颉庙、仓颉陵、仓颉墓很多，陕西、河南、山东都有踪迹，仅河南就有开封、虞城、鲁山等处，前年我到过濮阳南乐仓颉庙一次，转了一圈，专门吃了仓颉庙里的几颗柏籽，柏籽比汉字香。汉字之国有多少座仓颉庙都合情合理，我不统计，越统计会越糊涂，只说仓颉造字成功之后的反响、效果。

　　最著名的一句是西汉刘安著《淮南子》中载："昔者仓颉作书，而天雨粟，鬼夜哭。"

　　仓颉造字后为何会使得"天雨粟，鬼夜哭"？唐代张彦远解释说：是因为有了汉字之后，"造化不能藏其密，故天雨粟；灵怪不能遁其形，故鬼夜哭。"就是说，文字可以揭发举报，可以书写记录。

　　觉得"鬼夜哭"与"仓颉造字"两者咋能联系

一块儿？后来，果然看到另一说。

我十多年前没买八卷本的《袁枚全集》，后来后悔，今年见到十卷本《袁枚全集》买下。袁枚看书很多，奇思妙想都记下来，被他当作无聊有趣的手段。我看到《随园随笔》里他引用汉代高诱解释"鬼夜哭"，有点意思，尽管是幽默地在说，"鬼或作兔，兔知作字必取其毫作笔，故夜哭也。"

有了这一"兔子说"，高诱完全可以成为学问家里的童话作家。他是河北人，曾任过汉代东郡令，东郡就在我老家的北中原濮阳、滑县区域内。天真需要想象，学问需要天真。他认为：此处"鬼"字应作"兔"字，因两者形近被人写错了，鬼应该是兔子。兔子见仓颉发明了文字，想到不久人们要流行书写，要把自己的毛一撮一撮薅下来做成毛笔，于是吓得大哭起来。

可以耸耸肩头了，我觉得学问做到这样方才轻松。

我就喜欢这样做学问。童年时我养过兔子，兔子眼睛是红的，可以找到被兔子哭红的理由。还启发我继续探索，毛笔不只有兔毫，还有狼毫，就是黄鼠狼的毛，黄鼠狼听到仓颉造字后为何不哭？

2021年2月28日

刻字　　　031

节临

洗象记

看《南州异物志》里记象，文字好简洁啊：

> 象之为兽，形体特诡。身倍数牛，目不逾豨。鼻为口役，望头若尾。驯良承教，听言则跪。素牙玉洁，载籍所美。服重致远，行如丘徙。

在北中原上小学，老师解释：河南简称"豫"，乃古时到处奔跑着象之缘故。让我的想象也穿过莽原，跟着群象奔跑，原来，我家昔日门前跑东方红拖拉机前，都奔跑着一头头大象。

后来读《诗经》，里面出现"象之挮也"。记述美人用象牙做的簪子，后又称"搔首"。可见搔首弄姿时离不开"象"，装象，得装象。一定得装象。

象在古书上给我印象深刻的是佛僧之事，老僧读经，小僧洗象。前者洗心，后者洗身。换我更愿当后者去洗象，干出力活。有一把刷子，就不操心经句是否读颠倒了，过平常日子最好。

可惜，一个人活在世上，更多的是不能只去洗象。一生仅有一把刷子还不够。

2006 年 9 月 18 日

订书的锥子之疼

二十世纪七十年代末，那时文艺杂志种类不多，不像现在，波光粼粼，过河之鲫。

在黄河大堤脚下的一座小镇邮局上，父亲给我订了两种"最高的"杂志：《解放军文艺》《人民文学》。在文化单调的时代，这恐怕是小镇上唯一一个订户订两种杂志的个例。

从杂志上面，我读到老舍的《正红旗下》片段，蒋子龙《乔厂长上任记》、徐怀中的《西线轶事》、刘心武的《班主任》。读到封面上袁运甫、袁运生弟兄俩那些创新的壁画，封底上陈逸飞早期那些充满革命理想主义色彩的油画（父亲恐怕也没有料到，他的儿子十多年后，也能在这两种昔日订的杂志上面发表作品）。

这两种杂志算是我最早接触到的当代文学杂志。

每到年终，父亲除了整理营业所的全年账表单据之外，要做的另一件事，是让我把订了一年的两种杂志各期找齐，他整理后磕齐，分成两沓，上半年，下半年，最后订成合订本。

父亲是这样订书的：

先把书磕整齐，用书夹子夹好固定，然后，用一把自制的锥子开始穿眼，再用一支大针把线引过去。使用的棉线我们叫"纳底绳"（母亲纳鞋底时用的）。为了结实，小锥子要穿三个眼，上、中、下。书脊上也要攀上线绳。为了美观，两个接线头不在封面处结合，要盘在杂志后面，系个死扣，最后用剪刀剪平。合订本便装成了。形式像古人装订的线装书。

父亲在小镇营业所当会计，经常装订账表、单据，工序严格精致，把杂志订得工工整整自然不在话下。我们搬了好几次家，从小镇到小城，从城东到城西，那些合订本杂志让我一一带着，像骑兵的草料袋，每本都不舍得丢下。如今它们在书柜里站着，一声不吭，沉浸在旧事的怀念与手的余温里，看线穿过。

以后，由我自己开始去订书、订杂志。

我是照着父亲的方法订的，这习惯保留到如今。有时，我寄一些厚厚的书稿时，也用这一把小锥子，在头上揩一下油、扎洞、穿线，去穿越琐碎的文字和自我感良好的语言，一条时光做的细细小绳，在文字里穿针引线，像是在做一份坊间手工活儿（作家其实未尝不也是一位文字的手工匠？仅为妥帖）。

抽象，具体。感觉装订杂志是在装订厚厚的旧事与时光。

有时订书时刻，订着便走了神，会骤然想到父亲在小镇上订书的旧事。锥子、棉线、灯光、白发，恍惚。袭来一丝伤感，像锥子之疼。忽然，棉线便错位了。

现在，我书案上还放着那一把小小的锥子，父亲生前使用过的小锥子。它无言，沉默。一层红铁锈还包裹着旧日的时间，裹着灯光和月色。

小锥子约四指长，铁头，木把，像乡下一柄晒干的小菖蒲棒。只是那柄木把已经风干裂缝，上面缠的一圈圈线绳早已脱落，线头空荡荡无援地垂落，如此无力，在等待谁的一双手，能重新去系上。或者，它也想说话。

2006 年 6 月 27 日

节临

草叶之上·镌刻与细花的某些意义

有人把我概括为一个"乡村作家"。

"乡村"和"作家"两者各有百分之五十的水分。写作不是我生命里唯一，只是平常生活里的一部分，如爱烟草、买煤球、劈柴、买米、刷碗、挨吵一样不可缺少。

看到格拉斯说，我是在不画画时才写两笔。

我在写作的日子里，面对的是一块不大的土地，案头赋予玄机。更多时，我在经营一些不成规矩的碎土，能让我去专注、无旁骛的分析它的层次、含量，如何在上面种花植草。

"不学诗，无以言。"孔子曰。我少年时知道一句。

写作对我而言，没有非常重要的意义，它高不过吃饭的竹筷，高不过那种浇卤打酱的捞面。面对

《莎士比亚全集》和牛肉烧饼，我肯定选择后者。写作只是让我茶余饭后展示一下自己的纸上手艺，有时幸运的话，能在一棵草的茎叶上，让我看到时光镌刻出来的那一些细碎的花纹，如看到乡村星空辽阔的模样。只是这种机会很少。

2006年10月1日

情节递进的速度

　　作家就是把最简单的事物有意去进行复杂化，叫"无中生有"或"节外生枝"，我不专业地称作"情节速度的递进"像一种"节节草"。

　　北中原乡下有一首童谣，叫《小白鸡》，三岁的小孩都会唱，它竟能将最简单的乡村情节，一层层递进到丰富阶段，达到语言的目的：

　　　　小白鸡，皮儿薄，
　　　　杀俺不如杀个鹅。
　　　　鹅说了，俺会走，俺会扭，
　　　　杀俺不如杀个狗。
　　　　狗说了，俺天天看家，喉咙都使哑，
　　　　杀俺不如杀匹马。

马说了，配红鞍，配绿鞍，

叫您骑，您不骑，

杀俺不如杀个驴。

驴说了，磨黑面，磨白面，

叫您吃，您不吃，

杀俺不如杀头猪。

猪说了，俺一天吃那两斗老粗糠，

掂着钢刀见阎王。

　　这首童谣做出了最好范例，没有作家当作范例，姥姥教我。让我忽发有感。

　　　　　　　　　　　2006 年 8 月 24 日

格调

我认为蟹以清蒸为佳，更见原色。吃蟹时佐以黄酒，据说可以消解寒气。这让我常见传统题材里，将蟹、菊花、黄酒画到一起，大概都属"黄色系列"。我也试过一张。

古代有许多嗜蟹的饕餮之徒，蟹党们都有个性。大书家李瑞清就是一个发烧友，张大千也是一个。

我第一次吃蟹是在南方，面对那外观张牙舞爪的模样，尽管知道是熟蟹，但也一时举手无措。看到别人游刃有余，便只好喊来服务员，让送来钳子、小锤之类专业吃蟹工具，叮叮当当，弄得餐桌上一片狼藉，像是修理一辆破车时，摊开的一地零件。

服务员在一边掩着小嘴发笑，俩姑娘嘀咕道："看

插草

是為了

留住美

有大自

然的美

是留不

住的

它有

另種方式

客鄭馮傑

壬寅·初春

他那吃蟹的笨嘴样子，八成是不常吃蟹的山西人。"

我听到了，连忙纠正道："是河南人。"

2006 年 9 月 17 日

文字的虎皮花纹

熟悉花

即使不去播种，第二年它依然会开在原址。几棵永远长在自家的家门口，赖着赶不走。

每天都见到，再熟悉不过。白的面庞，红的面庞，不红不白的面庞。就像对待一个熟人，我们称作"熟悉花"，这就是蜀葵。

阳光下，蜀葵在一节一节上升，由下往上开花。结的果实形状是小盘子，一颗露水蹬着那一个个小花盘子，能一口气上到最高处。嫩的时候，那花盘子被我们剥着吃，口头上便是一种黏糊糊的感觉，像听老师课堂上读邻座女生写的啰唆作文一般。

花籽长熟时，鸟吃到肚里，飞起来，两丈的高度，肚子里带着一个花季，不知停落谁家？

马蔺代表植物们说

马蔺在水边说，植物们渴的时候，一定要喊喝水，它有自己的语言。如果植物的枝叶折断，或者有昆虫嗜咬它们时，也会因为疼痛而呜呜哭泣。

植物之间讲自己的方言，比如说雨来了、风来了之类，彼此都会明白。植物学家和语言学家聚在一起，无法翻译植物的方言。

多少年来，我就是如此想的。

来来，请佛上座

有一种草叫佛座，显得禅意盎然。我们叫宝盖草。

这草有福，草叶上能坐佛。听佛肚里的佛音。佛是什么？我至今都认为佛就是一滴晶莹的露水。

地锦·与麻雀有关

地锦是学名，另外一个称呼，我们叫"小谷虫卧单"，由河南话解释为普通话，就是"麻雀睡觉铺的一条被单子"，纯棉时代里听着宛若童话，肯定是百分之百的"纯棉的童话"。

那地锦草微小，紧紧贴着大地匍匐而行，它能看到青苔上面的细纹，蚂蚁的行程，露水的高度。

它还有个书写起来让人想入非非的名字，红丝草。它因形状得名，像一条红线穿起一片片绿叶子，仿佛大地的项链。

沉艾

在乡村，以熟艾装在布袋里，放到肚脐眼上，一试，竟妙不可言。

村里一个老中医告诉我，治三年之病，需求一年之艾，治十年之病，需求三年之艾。我就想，治百年大病，最少需求三十年之艾。

想必来自孟子"七年之病，求三年之艾"之说，是讲平时肚疼前要准备，事到临头，就晚矣。

我想问，如是一生追求，需去植多少年之"爱"？可惜这一枝艾，我至今也无法找到。

2002年9月29日

爱上明珠

壬寅 冯杰

文字的虎皮花纹

漱泉

木斑鸠

我乡下的外祖母不识字，她平时的那些举动和情怀，无形中感染熏陶着我。

北中原村中布满许多乡土之树，如榆、槐、楝、柳、枸、椿、柘。村头还站着两棵微风一来就开始哗啦哗啦吵架的皂角树。乡村的树就是一座乡村的羽毛。

树林里满是鸟巢，有喜鹊、乌鸦、伯劳、斑鸠、麻雀、戴胜，称得上是鸟的天堂。那些鸟巢在树上的位置高高低低，错落有致。在风中，它们像是高举着祖宗的一面面牌位。

就建筑风格而言，我还可以给它们分类：喜鹊、乌鸦的巢建造得繁华厚重，显得头脑聪明，颇具用心；伯劳做事认真，卧室打扮得一丝不苟；麻雀接近凑乎过日子，从没有长远打算，过一天算一天；戴胜外表好看，只是忙于外交，自己的巢却臭气熏天；屋檐下的家燕是衔泥草以唾筑家，可称得上呕心沥血，像李贺写诗；斑鸠巢是乡村鸟巢之中最简单的一种，整体构建显得马马虎虎，倒是有点像我们上课的算术作业一般潦草，纯粹是应付老师。

那时，我主要的日常工作恐怕就是旷课、逃学。逃学的目的之一就是在树林里穿梭，捣鸟巢，掏鸟蛋，捉小鸟，煎炒烹炸。有一次，书包里的一只麻雀还在课堂上失手飞掉了，撞着教室里的玻璃嘭嘭作响，老师大怒，罚我站了一节课。

初秋的一天，我在一棵棠梨树上又发现了一个斑鸠巢，棠梨树全身有刺，像课文里鲁迅先生的杂文。爬上去一看，里面竟有两只小斑鸠，尚未长全羽毛，大概介于可飞与可不飞之间。我握在手中，那时对斑鸠的感觉是肉乎乎的，我就一只一只掏出来，装在书包里。我想以后用泥巴裹一下烤着吃，味道一定像我们那里的一道乡土名吃"叫花子鸡。"

在一边树林里，我听到那一只失去孩子的斑鸠叫声是"咕咕——""咕咕——"啼声的长度是一长一短，有点像喊它"姑姑"。斑鸠也有姑姑吗？

这时，得让另一个有关的人物出场，那是我乡村的舅舅。舅舅是村里有名的小木匠，人称"木匠王"。谁家娶媳妇嫁闺女，做上等的家具都得找他。现在想起，他应该属于民间艺人了。在他的一把木刀下，镂花小鸟，活灵活现，仿佛一只只在木面上飞翔。

姥姥见到我后，一边心疼地挑我身上的刺，一边对我说："斑鸠虽小，也是一条小性命，你拿到树上放掉吧，我给你烙油饼。"

为了掏到斑鸠，我身上都让梨枝挂破了，还几乎让我"露出破腚"。再说油饼是油饼，烧烤是烧烤，味道根本不一样。自然是舍不得。

第二天舅舅背着我，竟私自到林里把斑鸠全都放走了。我想闹，但看到他块头大，打不过他，气得我哭了。课堂上，眼前感觉老是飞翔着一只一只斑鸠，穿越课本上那些陌生的名词、动词、形容词。

两天后，放学回家，我忽然看到家里当门的桌子上，竟卧着一只斑鸠。我倒吓一跳，天哪，总不会是我年迈的姥姥上树了吧？

拿起来一看，是只木斑鸠。风格拙朴，染着颜色，斑鸠脖子上面还点缀着雨珠一样的斑点，放在那里，栩栩如生。

姥姥说："你舅舅怕你哭，连夜给你刻了一个木斑鸠。灯不亮，还刻破了手。"

舅舅手上缠着纱布，在一边对我嘿嘿直笑，说是姥姥出的主意。

斑鸠飞走了，我得到的却更多。

从此以后我不再打鸟，三十多年里，它一直让我受启发，感动。从一只斑鸠到另一只斑鸠，顶多海拔十米的高度，乡下的小人物从来没有上升到"理论高度"。

我一生中和姥姥在一起的日子最有福，除了温暖、呵护，能看到人与万物生灵之间的那一丝温馨与牵挂，还有一种乡村世道式的怀恩和慈悲。

几十年后，我再讲这故事，孩子说，是编的一个童话。

内心的瓢虫

一个人在童年视角里能找到另一个世界。

一个内心的童年。

每一个作家的内心都滞留着一片"童世界"，自觉或不自觉的，它意味着一个人的记忆里永远潜藏着一个长不大的童年。

这个家园让作家能隐隐听到一种召唤，萌发温润的感受和声音，让人一次一次地往返其中，乐此不疲，去埋头挖掘那里取之不尽的宝藏，触摸那随处可得的感觉，凭着这种资源，让作家超越时光，返回内心深处，找到纯粹与明澈，找到稚拙与智慧，在那些真实的或延伸的细节里留恋，顺流而下或逆流而上，抵达生命的内核，用这种记忆的写作方式，去释放对生命洞察幽微的理解和感悟，并寄予着作家对生命的热爱与期望。

听起来像是文学理论，实际上我说的是一只瓢虫。

2006年1月

药方的开法

开药方大体得循规蹈矩，这一点不能像我的白话口语诗创作，胡诌到哪儿都不负责任。比喻、意象犯错误时，可以推到李白身上重来，与诗人无关。

但又一想，世上必须得有贵在创新的药方，叫"先锋药方"。不然，天下岂不都是端碗低头在喝一团和气的甘草汤？急先锋一般都先折戟沙场。

总想起这样的场景：花镜、纸笺、捻须、气息、望闻问切、犹犹豫豫、不紧不慢、胡半仙的山羊胡子，这就是童年乡村中药房给我的印象。拉开，每一个小抽屉里都坐着一位小药神，手持念珠，鼻子里弥漫草香。

还有几位，能在不伤患者小命范围里玩一把先锋的"艺术型大夫"。

傅青主给哮喘病患者开的药方是满满一船梨，让患者坐卧船头，顺流而下，宛若一个山西梨贩子。傅山是否推销晋梨尚不知，但那位患者一定是一边咳嗽，一边听黄河大合唱。从山西到河南，逐渐趋于平静。

我们村里中医不是艺术家，相应对开药方谨慎一些，要对一村百十家人负责。治哮喘时给我开的是三颗红梨，五克川贝母。论辈分，我该喊中医舅，舅没有傅山大气。傅山我不喊舅，但他们都同样用一物治病。体积不同。

除了敬佩李时珍的伟大之处，有的药方我其实是当小说去看，但并不影响李大夫在我心中的形象。

譬如我抄过《本草纲目》上许多药方，作书法斗方书写内容，有点闹剧成分。《如意方》载："戊子日，取鹊巢屋下土，烧作屑，以酒共服，使夫妇相爱。"是家庭和好的方子，妇联主任做政治工作时可用。还有一种物语，"取马发，犬毛，置夫妇床中，即相憎"。马狗相克，这是留下伏笔的方子，想想，显得有点心术不正，有搅屎棍嫌疑。

《延龄经》里有疗恶妒方，男人大都喜欢这类药方。"取夫脚下土，烧，安酒中与服之，娶百女

满城风雨近重阳
壬寅冯杰

漱泉

亦无言"。方子不符合婚姻法，当今上市，肯定畅销。是成功男人的一种臆想症。是病。

李时珍还说，凤凰也治病。但药材实在不好找，就是用凤凰站过的地方，有一种白石头可用。治癫痫安神。写诗里有"借代"一说。我只吃过鸡，未吃过凤凰，故"不安神"。

小时候在乡下常流鼻血，姥姥教我的方子是：如左鼻孔流，就夹在右耳朵上方一块小土坷垃；右鼻孔流，就夹在左耳朵上方一块。

一试，果然。

香，口有余香的香

在北中原乡下，茴香有大、小两种之分。大茴香我没种过，说小的吧，小的好玩。"少年茴香中年事"，我写作时造的一句妙诗，说的都是回味无穷的苍茫往事。

小茴香像幼嫩的松羽叶子，蓬蓬松松。植物类中最时尚的发型。嵇康《槐香赋序》有句子"蒙蒙绿叶，摇摇弱茎"是写它的风姿。

"散如丝发，特异诸草"，是宋人说的，假设你能和苏东坡握手的话，作别后沾染的就是那种香气，茴香的气息。但苏老绝对不会和你握手的，所以只能想象一下。

我看史书上它还有个更典雅的名字，叫"莳萝"，生自波斯。说这是"番语"，是唐代的外国话。

在中国古典里，"莳"有栽培的意思，"萝"则是多种草木植物的泛称。我少年时读过台湾诗人郑愁予一本诗集，叫《莳花刹那》，却不是让小茴香在诗里抒情，是诗人独自哀叹时光消逝。

在唐代能把叽里咕噜外国话译成"莳萝"这个样式，我觉得基本上已达到翻译要求"信""达""雅"了，不容易。不像现在翻译家，敢把普希金爱情诗弄成东北"二人转"。尽管也同样不容易。

还是叫"小茴香"吧，更像喊一个女孩子的乳名。你如果喊它"莳萝"，它根本不会答应。

对于小茴香，我家主要食用嫩叶。包饺子时做馅，和面清炸或做茴香丸子，然后上笼蒸。母亲和姥姥都会。

时令季节，母亲从乡村集市上买来一小把，打着细捆。有时自己家也种。小茴香主要价值不是叶，是果实，用于煮肉。茴香籽有点像瘪角的稻谷。像童年时让我望而生畏的古文字。

去年，我在乡下听到一个趣话，说得更玄妙；说茴香籽有辛香之气，有开胃进食之效。古人经常把它揣在怀中，或当作小零食，去嗑巴嗑巴，供咀嚼享用，又叫"怀香"。说不定是"忘怀之香"的缩写。

这让我终于找到现代口香糖的出处。过去说古典美女所以"口有余香"，全是嗑小茴香籽嗑出来的好气质。并不是口香糖。

有风度，得先从嗑开始，没有茴香，瓜子可替。汉代尚书郎在天子面前，都是口嚼怀香，上奏对答的。

都是极古典的香事。如今"投桃报李"，涌入农村的是大片大片"香水""口红"。廉价兼伪劣。那些乡下的孩子，是一批一批奔向沟壑难填的城市。还不知道自己村中身边有这等好宝贝。孩子，都向往城里干吗？那里热闹，诱惑，欲望。还心怀张皇。

我觉得，即使怀揣着一捧温暖的小茴香，在那里也定不住慌乱的神。

达利说，我不需要喝药，我就是药。

2006年2月6日

对一棵桐树的怀念

十多年前，我在长垣城郊一个叫"萱园"的瓦房院子中，栽下一棵小桐树苗。每年春天，满树的紫桐花盛开，像铜铃摇响。

一天空的铜色钟声。

外祖母、外祖父在世的时候，常常由他们来扫那满地桐花，然后，堆在一起，晒干，用来烧锅。等饭熟的时候，他们揉着熏红的眼睛，喊我们吃饭。

今年夏天，怕树大压塌邻居的房子，约来乡下两位亲戚伐树。这棵粗大的桐树被伐倒了。我们用一辆架子车拉到县城东关一家锯厂。

在锯厂，桐树被几个人用麻绳捆着，抬到宽大冰凉的锯台上。

开锯的时候，那桐树被整整齐齐地锯成一块一

樹即書
辛丑初冬潺燦

块木板。我能看到上面木纹像河流一样在流动，溅起木屑，一种木头的清气弥漫四周。

不到一刻钟的工夫，这一棵长了十多年的桐树就这样被一块一块地解开了，化整为零。我想起过去它成长的时候，姥姥经常在上面系一条绳子，晒衣服，晒青菜，晒粉条，晒海带。或让一棵丝瓜爬上去。儿子还在桐树上打过秋千。

一种怅然的伤感涌上心头，那树一定在喊痛吧。

我想起人类在骨子里有着一种不可信任性，人在背叛树木，而树从来不会背叛人。

我那善良慈祥的姥姥如果还在世，她一定会摸着树感叹说："这树在我们家都长了十多年呢。"

1997年5月

以瓢盛文

葫芦分家之后，叫"瓢"。

瓢是北中原乡下人生活中必不可少的器物：用来舀米、舀面、盛水、喂牲口、喂猪、喂孩子，我们夏天收工回来，舀起半瓢水，咕咚咕咚喝下，一身畅快。

半瓢水让我从小知道，这些都应是人间大事。

关于文学创作，我无家教传承。我知道自己在使用另一种瓢，干的是无用的小事。大志者不屑。更多时候我是舀一瓢泥沙俱下的黄河水，慢慢澄清，就成此类文字。上层为水，下层为泥，中层的，穿过我的感觉。那也是黄河的一部分。

这一把瓢不规则，或深或浅，瓢里文字经常显得深浅不一。

在文字的泥缝里，萌动绿意，还能不时伸出来几枝葫芦蔓，开着白色的葫芦花，探出触角，细细的，细烟一样，这是一直向上的触角，面对它，你权当去看瓢的前生来世——我们乡下叫葫芦引。

有一年，一个评论家让我谈创作体会，我就胡乱说过以上这一段。

"你说的不是葫芦，是糊涂。"他说。

2003年6月

液体的问候

——皮纸上的方言之一 "喝汤冇"

"喝汤冇"这一口语属于北中原传统语系里的问候。

从中可见，"吃饭""饥饿""温饱""填肚"这些元素在中原人生活里占重要位置。如今，城市年轻人不再这样问候。他们大河筑坝，新语境早已拦截住上游的气息，包括那些游鱼和水草细节。

孩子们这代年轻人相聚，见面多问买房冇？炒股冇？有车冇？大多和"固体话题"有关。

"固体问候"和"液体问候"是截然不同的观念植入，说明饱肚不是问题，已进入"现代化"了。

"喝汤"是"吃饭"的代名词，多用于早饭晚饭，午饭很少使用，有"干""湿"之分，话语以"液体状"出现，说明早饭、晚饭多为稀饭。后来看资料有一则细节，毛主席他老人家在特殊时期提出过"忙时吃干，闲时吃稀"的生活要求。

在酒桌，我经常听酒友说豫北人民一个段子，我堂哥是焦作人，讲两个怀庆府人在生活里的机智对话。其实是一个贫穷年代捉襟见肘的故事。

两人在家门口见面，第一位怕管饭，首先来一句"生活定语"，说，"你还是喝过汤来啦？"

另一位便不好意思再否定。

第一位又继续否定，"你还是不抽烟？"又避免了让烟。

到了下次，那位终于说，"我是没吃过饭来了。"

第一位马上否定，"看看，看看，你又说瞎话了不是？"

2021年2月25日

候月

高处的老天爷

我们平时见不到老天爷。老天爷多站立在高处，高于生活，高于树梢和风。应该在乡村一百米以上的高空，低于此标准居住的是乌鸦、麻雀、斑鸠、喜鹊。再低是马，是猪。

我们村里人无奈时祷告上天，常用词是"老天爷啊！愿意愿意你啦！"我姥姥每年都敬奉老天爷们。设碗，摆筷，上飨。在乡村，每一个节日来临，都要给老天爷上供。

这是我童年时对老天爷人文地理坐标上的认识。

日常具体使用老天爷时，多是表示惊叹，"老天爷啊，这是咋回事儿？"

老天爷一直在高处，仿佛是气体的。我们看不到他，他却能看到我们。老天爷不仅看到我们，还能看到全村，看到全人类，便觉得有一点不平等。但他终究是老天爷。

我在北中原当一名乡村信贷员时，一位姓张的会计股长对我说，老天爷也姓张，中国百家姓里最大的姓。张股长说老天爷是河南濮阳人氏。如今濮阳每年组织召开一次"张氏全球国际文化大会"，据说，就是替老天爷开的一个胜利的大会。

张股长说他堂哥是组织者，补充说，主要是为了发展地方产业，经济搭台，文化唱戏。

我觉得乡下人的信仰很宽泛。滑县城有一座天主教堂，有一年村里来了一位牧师，动员我一位三姥娘信教，牧师说上帝管用。我三姥娘嫌路远，自己又是小脚，跑不上来，说："那是他们的老天爷，各信各的。"

许多年来，上帝在我们村一直没有打开市场，阴天下雨的时候，大家一直相信老天爷。

2015 年 2 月 3 日客郑

天上藍 辛丑 冯傑

嚼月光的鼠

子夜之声，像是吃冰之声。

在北中原乡村夜半，我经常听到此声。在老屋梁之上，在顶棚之上，它们刚开始时像轰隆隆的马队穿过，尔后，鼠就开始吃冰了。不知道都咀嚼什么？

在乡村，鼠的家族势力庞大，它们韧性、执着。后来，我知道在串亲戚的马车上、绿皮火车上、在轮船上，都有鼠的踪迹，鼠像人类永远也甩不掉的灰色影子。一生，一世。

2006 年 11 月 2 日

离星星三尺高的地方

　　要准确找一个离星星三尺高的地方，是根本无法丈量出来的。不过肯定是北中原夏夜的屋顶。这是我唯一的答案。

　　少年的我，因屋顶高度而夜郎自大，坐井观天。现在亦样。

　　那是我的世界观。

　　我们村里八十四座屋子，分"平顶"和"脊顶"。只有这两种，若有超出这两种样式的，便接近"皇宫"。为富不仁，已非本文所涉。

　　我家平顶、脊顶两种都有。

　　平顶一般是配房，让我说，更接近乡村实际需要的要算那种平顶的，夏天可以在上面睡觉纳凉。夏夜的星星低得垂在额头，一颗颗在树缝里摇晃，混淆在露水里。看着看着，星从露水里升起，便就瞌睡了。到夜半，就被姥姥喊下来，是怕露水大，肚子着凉。

那时在村子里经常传来新闻：谁谁家的人在屋顶上昨晚掉下来了。

吸一口凉气后，我奇怪：好好的人，咋能掉下来？

姥爷猜道："可能是发癔症。"

就是梦游。那时，我最早知道还有一个能飞翔的词汇，叫梦游。是一种乡村飞行方式。我十岁前也经常梦游，不同的是，脚踩土地，只在乡村穿行。

平顶的一类属现实主义，有实际用处，可作一方空中晒场来用，在上面晒红薯片、萝卜干、红辣椒、豌豆、绿豆、大枣……它的风格平坦、干净、亮堂。有了一方高悬空中的乡场，乡村的猪鸡们还觊觎不到。每到晚秋，红薯下来了，小山一般堆在院里，姥姥开始在下面切红薯片，我搬一张梯子，扛着一方柳篮，上下来回，往屋顶上输送，再一一摊开晾晒。暗夜里的一顶白花花月光。

平顶屋还有一个秘密，一如乡村秘籍：上面可以落鸽子，有聪明人家便放一盆白矾水，饮了矾的鸽子开始从嗉里甩粮食，甩完飞到野地，然后重来。

人们扫起那些小谷小米，用于过冬时喂鸽。有时还能食用。积粒成箩、积少成多的道理是从一方小平顶开始的。几近童话。

另一种是脊顶的，上面扣满了蓝瓦，晒红薯片就没有平顶的方便了，晒时只有往上面撒，撒起来很吃力。

有一年，我在居住的黄河大堤下的小镇里，几个少年在月夜踩着脊顶上的瓦，去偷吃一家屋顶上晒干的红薯片。对于少年而言，偷的东西总是甜的。

第二天，主人家按图索骥，便找上门来："一定是你家的孩子上屋顶了，一整夜里，我还以为是猫叫春呢。"可见当时的张狂。

北中原有一句俚语，"三天不打，上房揭瓦"，就是说脊顶，平顶屋根本无法使用这句俚语，就像王老师说的——词不达意。

"猫足踩瓦"这个意象让我知道猫足的轻柔。多年后，我看到桑德堡却写道："雾来了/踮着猫的细步/弓起腰蹲着/静静地俯视/港湾和城市/又再往前走"。桑德堡不是意象派诗人，却能写出典型的意象派作品。他只写芝加哥城市之雾的软，缺少了北中原屋顶上瓦的硬度。

这已经不容易了。

初春，在平顶屋上还可以从容地拆去烟囱里搭的那些多事的鸟巢，它们影响烟囱里气流的贯通。脊顶屋上那些飞鸟，则是砖雕的，它们永远不动。

有一年，我去看那座老屋，它早已倒塌。一地青苔。残存的平顶上，划下一条蜗牛爬过的银白，像玉走过的痕迹。姥爷门口那棵白石榴树，静静看着我。

平顶的瓦屋，少年时代，神在端坐的小场地啊，像一方荷叶。

三十年后一天深夜，在故园屋顶之上，我铺了一个薄薄的梦，睡在上面，露水模仿着三十年前的旧样，悄悄又上来了……

海拔
十米以上
庚子夏 冯杰

天上的虫子

——养蚕小记

　　姥姥说，蚕是天虫，养蚕是须有富贵命的。有的养蚕人家的命穷，蚕会一夜之间跑得无影无踪。跑的时候，还能听到它们穿墙时的唧唧之声。

　　说得是乡村魔幻里的一章。

　　我小时候在乡村养过蚕，从亲戚家借来的蚕籽，一粒粒还没油菜籽大。刚开始时，蚕卵小得没法用手捏，必须得用一管鸡羽去轻轻来扫。

　　蚕不择食，什么叶都吃，其中唯桑叶最好，吐出的丝白。蚕是村里最柔弱干净的昆虫，还有洁癖，沾染一点异样的腥气都会悄然死去。

　　长大的蚕白花花的，爬行时一拱一拱的，像穿一身素衣的豆虫，有点吓人。夜里，能听到蚕食桑叶之声，后来被我写作文时形容为"像下一场沙沙的雨"。老师加红杠，说好，形容的声音有点大。

它们一一长成茧，需要放在开水里煮死，才能抽丝，专业叫"缫丝"。我不忍，一犹豫就误过时机，它们一一咬破小口子，变成蛾子飞走了。留下贝壳般的空茧。

养蚕史证明我小时候养蚕没有目的，不是为了往西去建一条辉煌的丝绸之路。

三十年后我自乡下来到一个城市写字谋生，像是映照了，看到蚕在小篆里是这样表达的——"蠶"。会想起我姥姥说的话："蚕是天上的虫子。"

2007年6月19日端午节

不心慌

　　平时我会忽然"心慌"。我喜欢中医，因为吃中药不疼不痒，吃起轻松。胡半仙给讲阴阳平衡，让人不紧张。他给我解释啥叫心慌：就是常说的心悸，主观感觉上对心脏跳动的不适感觉，有种难以自止的不适感。

　　我问啥造成？他答，是你小时候没吃过啥好东西，营养不良造成。胡半仙给我开方子，记得其中有丹参、木香、川芎，药效多是理气。小黛从兰州寄来一木箱百合，一颗颗带着泥土的新鲜，以为是让我种。百合花可入画，我给她画过。我种在园里几颗。她说中国最好的百合在甘肃自己家田里。每天放上几瓣，百合煮粥可治心慌。

　　一箱煮完，还是心慌。

我后来找到一个奇异的药方。看画。在天津博物馆看到范宽的《雪景寒林图》，讲解员讲如何的"丰满宽远，气势逼人"。

一刹那，恍如雪光闪现。我看到了"雪在平坦呼吸"。

我说心慌竟治好了。胡半仙说，去球戾吧，是你吃我三剂中药，里面关键有清心沉香八味丸。

月光转身而去

有的人是因为他写诗，所以才是诗人。

而有的人则是因为他是诗人，所以才写诗。

——瓦莱里

人的一生尽管斑斓复杂，但童年决定了一个人的一生。童年影响着一个人的气质和他对这个世界的态度。

有人曾问过我，怎样才能成为一个"诗人"？我说，一个人的童年在乡村度过，长大后，因生计走到繁华的城市，然后回忆，这种回忆与怀念的过程，就是一个诗人的过程。哪怕你不写一行具体的诗，你也是诗人。

当然，这仅是我的"定律"，不一定适合别的那些优秀的诗人。

我小时候生长在北中原的乡村，如今依然生活在乡村。当年我的一位北国挚友说我的写作是一种"没有距离的乡愁"。

在乡村，有时候我也非常向往城市。我知道城市的现代信息与文化密度是乡村远远所不及的，但我每次来到城市，常常有一种"难受"的感觉，有一种不知所措、慌张迷惑的不适应，也许这里有着人为的因素，可我不能不承认我与城市之间永恒的距离，它让我徘徊不定，无可奈何。

我对城市的全部感情，仅仅是除了因为一个人才去怀念一座城市之外，心理上远远没有对乡村的亲近。我时常感叹：城市非常好，可不是我的家。面对城市，我永远是一个局外的乡下人。

在我这个局外人的眼里，城市的摩天大厦与升值的股票成正比，飞鸟的空间被挤得越来越小，月光早已无栖脚的地方，也许城里人是从不奢谈月光的。现在是"偌大个城市，放不下一张茶桌"的时代，又焉能放下月光？城市里除了车后排放的尾气逐渐充实着有限的空间之外，你找不到感觉上认为恰当的地方倾听，更找不到地方去倾吐。恍惚城市的暖气片散发的温暖远远没有童年时代乡下的寒冷来得真实。我认为城市里精美的花朵都是用塑料制成的。

假如不是一种"乡土的缘",我也许会与一个同样有"乡土感"的人在城市里擦肩而过。

我非常怀念那种时刻,在城市边缘偏僻的乡村小酒肆里,坐在油漆剥落的原色木桌边,共度曼妙时光;昏黄的灯光静静地洒下,木窗外飘来乡村独有的气息。只有此刻,才是唐诗里那种"把酒话桑麻"的最好注释。

如今在城市里,当《诗经》里的菖蒲与荷花都可以在玻璃橱窗之中当作工艺品高价出售时,已经很少有人像我们这样去谈关于乡村话题;股票和黄金让人心跳,很少有人去飘着细碎小雪的黄河边,去采一束散发独特香味的蓬草,带到现代城市深处,把它插在孤独的瓷瓶中。现在,似乎是除了小孩子,已经没有人再问我某种草叫什么名字了。我骤然感觉到多少年曾经失去的那种东西,它在乡村的雾中又浮起,飘在童年长满嫩草的堤岸。那就是童贞的时光啊!

在城市,单纯地不带有功利与互相利用的心态坐在一起谈话的人越来越少,可以说现在钻石与珠宝到处都有,而那种有着"闲心素情"至纯的人几乎难觅了。

众多的人都在为职权、金钱、欲望去奋斗，去为之欢乐为之疲惫，在这个世界上，不知多少东西才能填满欲望的深渊。人怎样才能不迷失自己，生活在这个乱花迷眼的社会里呢？

我也不能自圆其说，其实，除了一些温暖的汉字护身之外，也是个一身贫穷的人。

与别的人相比，别人有的我没有；而我永远感到欣慰的是我拥有的别人不一定拥有。我贫穷得只剩下乡村的月光，而我富裕得也只有乡村的月光。当我连这唯一的财富也剩不下的时候，那我才是真的一贫如洗！

如今，在城市里谈月光已经是非常奢侈与古典的事。我之所以富有，是因为还能与你相坐，在浮躁的城市里去谈宁静的乡村，假如有一天，这世界上连月光也都转身离我而去，那时，在那张原色的木桌上，还有谁倾诉，还有谁在倾听？

1998年1月

清賞

鸦色

在我现在居住的地方附近，两千多年前，一位"邶国"民间诗人写道："莫赤匪狐，莫黑匪乌"，他那时开始在诗中涂抹乌鸦的颜色。我知道，近看乌鸦颜色并不是墨黑，而是带有一种钢蓝色，像手枪柄的烤漆色泽。

叫鸦色。

小时候乌鸦多，比现在乌鸦嘴都要多。记得割草时，乌鸦和喜鹊经常大打出手，喜鹊扎堆的地方没有乌鸦，相反，乌鸦多的地方喜鹊也不去。尽管双方都属"鸦科"，因番号不同，经常制造摩擦。后来上学看到一个成语，竟然叫"乌合之众"，老师提问时，我就回答是"指没有经过培训的乌鸦"。

古人把乌鸦看作是一种应验之鸟，最有名那次是在赤壁，曹操抒情，横槊赋诗，在朗诵"月明星稀，乌鹊南飞，饶树三匝，无枝可依"。曹操是乌鸦嘴，果然，不期之内，飞来了火老鸹。落在船上，最后把胡子、战袍都烧了。

在乡村，我经常遇到乌鸦叫。姥姥教的方法是立即顿足痛骂，旋吐唾沫一口。姥爷教的方法则显得有人文价值，立即默诵"干、元、亨、利、贞"五字真言七遍，即可破。

乌鸦在日本是国宝，功大于过。有一年看足球，看到日本足球队的符号是一只黑鸟，以为和德国一样是鹰，立即被人纠正，"土老帽，那是乌鸦。"

在城市，如今你拿高倍望远镜也看不到乌鸦，更听不到乌鸦叫。面对世界，人们需要闭上的是乌鸦嘴。

一年冬天，车过北中原大地，我又看到乌鸦，三十年后的乌鸦。鸦色在消失，出现。又消失。我在窄窄车票背后，写下一首诗《乌鸦与雪》：

看到大地
往事一般后退

那么多乌鸦

在雪上飞行

雪动
乌鸦不动

2008年7月9日

相對論
壬寅初
馮傑記

"花生里有曹操"帖
——仿唐寅制造《花生帖》

小儿子有一天对我说：

"花生果里有曹操吧？"

这种奇想问法让我不知所以。

后来解释半天，知道是说花生果里有一种虫，叫蛴螬。想必平时听看"三国"故事，串题了，混为一谈。

这位"曹孟德"就是金龟子幼虫，白色，圆柱状，白腹弯曲，它不定都许昌或洛阳，它生活在土壤里，专吃农作物的根茎，也吃花生。

那几天，小孩子跟我母亲去田野里捡拾花生果。进入秋天，农民们要种麦子，花生地来不及细收，就草草地清场了，像演一出应景的草台戏，演好演坏都如此了。地里遗落许多颗花生果。如今很少有人去拾。那几天，他们都带着提篮、小抓钩。一大早就出发，回来时，满鞋都是泥，哗的一声，花生倒了一地。

小孩子一副成就感。

三十年前，我也是这样，跟在外祖母身后，在北中原苍茫的田野上捡拾花生。那时我除了认识蛴螬，还知道田野里有一种叫"地搬藏"的田鼠，专门运送花生。在拾花生时节，我一门心思专找地洞，梦想挖到一仓果实。

晚上，我外祖父常在小村巷口灯下，讲"三国演义"，我怎么没有想过花生果里会寄宿着一位"曹操"？

花生除了能吃外，还有另外一种用处。

那一天中午，阳光温和，小儿子用我的毛笔在白纸上，走马观花草草写了几张大字，开始在阳台上晾晒。风一吹，纸要刮走，他蹲下，用正晒的花生果压在纸上，一个纸角压一颗花生。四颗花生固定，书法纹丝不动。

能闻到童体字上满纸清气。

案头，有明代唐寅的一个帖，恰好叫《落花帖》，炉火纯青。启功题签。小孩子眼前的这种乱帖可叫《落花生帖》。

是现代版散帖，属小品册页。

1999 年 1 月 9 日

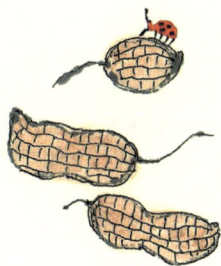

不是魚目更應混珠
王寅秋記故土舊趣也 馮傑

看白石册页的花草部分

好荷花

荷是齐璜永远创作的母题之一。一辈子栽荷。

我看他的笔管简直就是一段莲梗，修直，有刺，一气呵成，上面开出一团团水做的骨朵儿，花朵在盛开。浓墨或淡墨，大红或曙红。如果静夜去听，那笔管一定有拔节向上的声音。向上，再向上，老头子竟停不下来。

没有荷花，简直就称不上白石。花可依石，刚柔并济。

优秀的画家都是"好色之徒"。

白石好色。

好荷花的颜色。

南瓜

以藤黄造瓜，并不比在田畦里种瓜容易。田野里叶子不能有虫，笔下叶子必须有虫。且要蠢蠢欲动。

即使当上最大的画家，他依然是一个纸上的农民。理衣，戴笠，然后穿行在着颜色的二十四节气里。生活简朴。一点也不敢怠慢。

蟹与慈姑的关系

跨过一丛三角形状的慈姑，再绕过三行落款，躲过两枚印章，蟹翻一下身子，墨就完全可以洗透了。像洗了一个墨澡，爬出洁白的宣纸时，蟹是水淋淋的，向前探着毛茸茸的爪子。蟹就算完成纸上的使命。

张牙舞爪的背景后面永远是温柔的慈姑，在容忍着它。

樱桃之错

那么多颗小红扣子，散落一地。

——扣错了地方。

枇杷有女

院里种过一棵枇杷，枝繁叶茂，却不结果。专家告诉我这一棵是"公枇杷"。枇杷有雌雄之分？记得我曾写过一篇枇杷相文章，性别：男枇，女杷。

看来齐白石纸上的枇杷都是母的，会结果。我的枇杷得去纸上求偶。

红

枫叶，瓢虫，瞌睡的骨朵，咳嗽的颜色，炉火的眉毛，都是同一种红。

松针

一只松鼠。

摇落了满满一纸的细节和耳语，像乡村心事，让我抖都抖不掉。

芋头肥硕

不会凫水的荷叶，我们叫旱藕。一叶一叶都在夏天搁浅了。

把荔枝用指甲破开

破开荔枝皮，捏在手上。白石以拇指和中指。

看到里面有驿站的信息，宫廷的信息，故乡的信息。

是一面湿润浑圆的山，你只想去找山背后的那一点红。荔枝红。

乡下的桃子

乡村最"俗而可耐"、最平常的果实，被画家挤出来浓浓的桃汁去做颜料，替代了藤黄、桃红、青绿，让人携带着一颗颗桃子，去献寿、献礼或献媚。

乡间的读书人爱说："秀才人情纸半张。"

说这是谦称。

我姥爷说得好："远不如扛半篮大桃子更实惠。"

2006 年 6 月

诏粥
——糊涂帖

喝粥叫"喝糊涂",我家每天喝。故,北中原多糊涂人,多糊涂虫,多糊涂蛋。也算"难得糊涂"。

苏东坡喝粥,是潮州大米粥,有一帖曰:"夜饥甚,吴子野劝食白粥,云能推陈致新,利膈益胃。粥既快美,粥后一觉,妙不可言。"喝了就睡,国事家事,啥都不想。

我后来想找一张此帖的印刷品,只见文不见帖。潮州粥和中原粥是两种喝法,原料做法不同。吴子野是一位喝粥高士。吴比苏大三十多岁,这俩人竟能玩到一块儿,一块儿喝粥,可见不是简单的一碗粥的故事。吴子野死的那一年,苏东坡也死了。都到另一个世界喝粥。

陆游说天下最快乐的事不是北定中原,而是

"喝糊涂"。端午前我翻到《老学案笔记》:"平旦粥后就枕,粥在腹中,暖而宜睡,天下第一乐也。"他还举例李之仪的句子:"粥后复就枕,梦中还在家。"陆游诗句:"我得宛丘平易法,只将食粥致神仙。"宛丘地名是今河南淮阳,陆游这一碗粥口味上接近了中原的"糊涂"。

玉米到明朝才到中原,才开始熬粥,故宋朝人喝的都不是玉米粥,是大米粥。

诗人但凡一写粥,都成农民诗人了,像王老九。王老九诗云:"全家大小等吃饭,换下苞谷早离山。"

苞谷是玉米的别名。诗人把粥开始传承,由大米粥到玉米粥。传到王老九这里,粥就是一碗玉米粥。

几年前的一个晚秋,我在太行山一个叫楸沟的村里住了几天,一老叟年近百岁,饭后聊天,问他长寿秘诀。这位爷说:"没啥秘诀,我一天三顿都喝糊涂,也不就菜。"

远处山坡,一位瘸腿者在给玉米一瓢一瓢浇水。一年四季,山里的人生规律是种玉米、浇玉米、收玉米、吃玉米。近似一个玉米人。更多是为条件所囿。

他也不会知道苏轼、陆游。远眺，看到山坡上玉米一棵棵长得清晰，他们也不会知道城市里的雾霾和摊子上出售的甜玉米。

2017 年 6 月 2 日客郑

冯杰与一枝荷花一只螃蟹及一幅画

中秋节，友人自津门捎来八只马蹄蟹，一网的张牙舞爪。进门就嘱咐道马上煮了吃，趁鲜。因为蟹一死就不能吃。俗语"死蟹烂虾"，说的就是事物败坏到了极致。

但小儿子放学后不忍心让杀（我家养的动物他都不让杀，以致有一群公鸡也得养着），他急急用一方水盆盛着。螃蟹们便探出一双双感激的小亮眼睛，明晃晃的，口中还不断吐出泡沫，以示答谢。

这也终究改变不了水土不服的自然规律，螃蟹终于还是一一死去。每死一只，小儿子才不舍地交于我。完璧归赵。

我善于抄袭，画鱼时曾抄袭鱼，画螃蟹时抄袭螃蟹。我放在画案上一只，比葫芦画瓢。终于知道，螃蟹一双大钳之外的八只附足，共分四截，要数齐璜画得最准确。其他人都是瞎画的。蟹壳上隐隐尚有一马蹄印，如一方没打色嵌上的印章。这一细节齐璜没画过。他只是一笔带过。他参考的一定不是马蹄蟹。

齐璜是个对艺术很倔且认真的老头子，对艺术的钟情像一个农人对待大地。为了画虾，曾小钵养虾（多亏他不喜欢画虎、画龙或大象）。

我造蟹的过程是这样的，画法如下：

在一张斗方毛边纸上，画好蟹，有深有浅，随手又带出一枝下坠汲水的荷花。

画好荷花，顿时心存机巧匠心，又想多加几笔。不料，墨一着纸，忽然就喊痛，墨会延伸扩张，一下子墨蟹就糊弄成了一团墨猪，这可称得上十足的弄巧成拙。想重新再画，一时也没有心情。我相信，艺术的感觉是一次性的。

这时，写文章便也入了讲哲理的大俗路。世上万物本该和谐相处，什么叫和谐？"随便与自然"就是和谐。因为如今人类一个个自我感觉极为良好，许多事情全让人的心机弄得不和谐了。荷花与蟹的组合，让我忽然想到"荷蟹"与"和谐"，这一牵强的通感。

为了保持所谓的"和谐",我仍然立此存照,硬着头皮命名为"和谐图"。

我视野窄,未见有谁作过此类组合,便井底之蛙般认为自己为首例,但仍不免心里没底:顶多前面有个徐渭画过。只有徐渭是那样的人。也说不准。

黑格爾説一句妙語
人類從歷史學到的唯一
教訓就是人類没有從
歷史中吸取任何教訓
辛丑初秋試紙也 馮傑

文字的虎皮花紋

藕荷色

一天，在郑州某一条街道，蓦然看到一墙体巨大广告，写着"妇女儿童批发市场"，心中大惑不解，敢做这生意？就好奇，不妨也去批发一个？

谜底：原来是专卖妇女儿童衣服集结之地，里面啥颜色都有。当下的中国文字都让那些商界狗头军师组合运用到如此地步，我以后也不需要再写诗找灵感了。

踱到胡同尽头，恰好有一爿裁剪小店，蓝砖白缝，门额木牌写"小荷服装"，毛笔字显得小心翼翼。是冲着这个名字我才拐弯。谈到这种颜色，服装师小荷对我说了一些"乱色"的道理。譬如，红配绿，赛狗屁。

就说到藕荷色。我没想到天下颜色还能如此私自来回走动，颜色自作主张。

小荷交代说，藕荷色能搭配颜色有以下三样：

一、黑色：稳重或有性感的成分。

二、白色：比较干净。

三、浅灰色，搭配时同时要注意衣服厚薄程度及各自风格。

其他还有，等想到再告诉我。

2012年3月8日客郑

三種顏色的組合讓我看到
大地和天空對萬物的包容　辛丑　馮傑

傅山仿佛在和今日美容院叫板

——看傅青主《草书立轴》

看后背，傅山是一位有奇骨者。草木梅花气节，开得野生仄斜。倾斜在晚明的风雨里。

有一次，和一位妇科陆医生说起傅山，她奇怪：他可是著名妇科专家，这你也知道？我说："没看他的妇科，多看了他的法帖。"

她奇怪："他是书法家？"

我说："还是山西省书协主席呢。"

妇科医生不幽默，面色像傅山的砚池。

琐碎的知识增加了我的谈资。历史上有一种大河流，让后人以分支来对待，各看喜欢的一段。大文化是辽阔水域，不是单数河流。我一直记着傅山说写字的四句秘诀。简单概括是"四宁四毋"，等我喧嚣之后揣摩一下，这才是书法家的"四项基本

京知疲倦蜒地翻越山丘圖

越過山丘雖其己白了頭越過山丘

才發現無人等候

白貓不知道白了頭神似此

安越過山丘 馮傑並補之

以東京盛歌词後此
心猶盼一白猫九坩首妙也

若解捉老鼠
不在是白貓
松浮詩句也此
想日邪渾然其裏馮傑一如圖

原则"。

"宁拙毋巧，宁丑毋媚，宁支离毋轻滑，宁直率毋安排。"

从字上可见其人政治态度和立场，做人如作文，人奇字自古。当下书法家只会抄粉饰太平的过眼帖，作家抢书法家饭碗，进入分段抄写文艺座谈会上的讲话。傅山一直着"朱服"。不是不能写，是多数人没看过傅山的四项基本原则。眼不高，胸也就不大。属于平胸。

如果延伸说教，理论可套到作家头上。

一位真艺术家要敢于和一座庞大国家美容院叫板。在一条河里，艺术家应逆流而上，政治家则是顺流而下。

2017年5月24日客郑

齐璜在乡村的多种可能

鼠声

鼠在开展讨论，自子夜而始。

讨论油灯之光，讨论蟹腿的颜色，讨论红果，讨论黄卷与五谷，讨论贾岛月下推敲之诗，以及讨论芝麻香油之真伪（北中原的芝麻油可是中国最好的，"纯真"）。

有时，我还从上面听到小鼠细微的叹息之声。黏在鼠须。在一根鼠须上，看到冬天。

我们乡下的鼠竟也有忧郁啊。那些忧郁之鼠在想什么？

算盘之声

墨也能泼剌出响声。

白石送人那么多《发财图》，自己却站在砚边，捻一把铜质的钥匙，捏得哗啦哗啦响。像捏着他的叹息。

蛙语

井底多么好啊，辽阔，映着一方蓝天，清澈透底，风平浪静，而且还境界无边。大家一个个活在童话里。可以学庄子鼓脖而唱。

平时，只听到井口上面人们急急打水时的吊桶，叮叮当当，七上八下，倒像人们一个个慌张的心情。

啾啾之声

是雏鸡之声。

我小时候，常看到姥姥坐在蒲团上纺花，纺花车嗡嗡地响着，一群小鸡卧在姥姥盘起来的腿上，一一在打瞌睡。安静的模样，是得到一种慈爱的笼罩。

纺棉声未断，依然响在耳边。细香的声音。

墨虾不可鉴

学画时我不知道"墨分五色"之说。

少年时在乡下，只知道河虾与塘虾的区别在于炒熟时的颜色不同：出锅时河虾是红色的，塘虾是青色的。盘子，是白色的。

海虾，那时在北中原还没见过。我想象到是蓝色的。

耙子图

手温，青草的气息，触及到晚霞的汁液，赭石。这四种原料，是组成编制一把耙子的原料。

大匠之门

像白石这类木匠人，我们乡下多得是。小时候我就背着锯子跟在人后过。

但像白石这类画家却"屈指也数不出来"，可见我们乡下人比白石要本分，只会埋头拉锯。

白石由工匠到画家，是不务正业，白石由工匠到大匠，跨入艺术之门，中间的距离不是刨子、锯子、墨斗，只是一管短短的狼毫。还有一颗"农心"。

2006年6月6日

瓶和花和清水

家里厨房尽管低矮昏暗，里面也要开花。

白菜根叫"白菜疙瘩"，平时，我姥姥炒完白菜叶、白菜帮，其他再也不能利用了，最后白菜疙瘩也舍不得扔，把它切成小条状，用来腌制咸菜。有的白菜疙瘩个子小，属于眉清目秀的，便当作了插花。我姥姥把白菜疙瘩放在碗里，注满清水，两天后，碗里逐渐抽枝开花。点点黄色碎花。

花一开，吃饭时口感马上觉得不一样。

我母亲后来也在厨房插花，把吃掉的水果空罐头瓶洗净，插进一棵白菜疙瘩，开了一瓶的黄花，点缀在厨房外面的窗台上。

厨房低矮，颜色灰暗，当一座小屋有一缕花香引导，熏黑的四壁一时也会亮起来。

母亲说过，瓶中花开有我自家的诀窍：

要想花开得好看，时间长些，人要勤快，瓶中要常换清水，最好捏一撮细盐，撒到里面。我觉得这样是闲花，也是咸花。

2019 年

折纸

我的书房

——在自己书房里听荷

在北中原小城里，我有一方院子，自称"听荷草堂"，具体到二级机构的二楼一间书房，挂匾称"听荷草堂"，别人多问：你肯定种一池荷花吧？我说没有，有池水必生蚊子。

此话应付一时。

书房高达丈二，内分写大字室，写小字室。各室窗开两面，开窗能看到竹梢，青藤，枇杷。为彰显风雅，陆续让许多名人题写过斋名。当年诗人洛夫先生在信中建议叫"观荷草堂"。我本意是"听荷"，可以没有荷花，闭眼足矣，兼治失眠。"观荷"则不同，要有可观对象，得挖一池。"听"是一种艺术懒惰表达，这种状态适合我自己。至今挂的是洛夫先生写的"听荷草堂"，斯人已逝，墨迹还在。

题写堂名的还有诗人吕剑，台湾画家张光宾先生，诸先辈作古，张光宾先生102岁。

　　我藏书以那些非主流杂书为主，多是农耕花木之类，还有不能上市的内部村志。当年我在基层，文学青年写作上瘾中毒，中了邪一般，省吃俭用，上当自费出书，送我来"指教"。有一年全县评比十大藏书家，我说，我还有一部兰陵笑笑生的亲笔签名《金瓶梅》。

　　书房有一作家诗人签名书柜，诗集在里面乱叫。作者无论名气大小，一律珍藏。近年中国作协会员逐渐增多，我逐渐有所收敛，至今大约有二百本左右签名本。上至诗坛名家，下至门口小巷里买菜诗人。我相信诗人对待推敲诗句的热情天下是一样的。

　　书房里还储存有许多签名版的故事，像干草一样尚未晾干，譬如当年海峡两岸"小三通"刚交流时期，诗人痖弦1991年在台北题名送我一本台湾洪范版的《痖弦诗钞》，2010年10月他返乡，在郑州，他在同一本书上写上"在雨声与诗声中听荷"，从扉页到封底，中间竟然隔着二十年的时光，宽若一沟海峡。让人无限感慨。

　　在书房，书页里折叠有许多这样的故事，纷纷掉落碎屑。

　　后来我到城市谋生，房价高于书价，不再拥有专业书房。一个书呆子旧习难改，日子里总要与书为伍，像旅者带钵。不料那些书如散兵游勇，如镋将，如土匪，如流寇，逐渐招安，堆在周围，床前，枕边，窗下，鞋子边，像穷人衣上生长虱子，逝者如斯如虱，逐渐增多。我只能选择其中几颗发光珠子用于睡前观照。

　　人生大体是一段旅程，在纸上虚构的时光里，有时需要听一下荷。

　　　　　　　　　　2019 年 4 月 23 日读书日

茶不醉人何須酒
書能香我不必花
花說書房裡要有一枝
若人不讀書花可讀書
辛丑秋寫鄭
馮傑

文字的虎皮花纹

快乐的纸鱼

少年时代的一个上午，拉开衣柜里变形的一方栗色抽屉，里面存有外祖父的《古文释义》，父亲的《五方元音》之类的古装书。那些书籍们面色发黄，一副副缺钙的脸孔，翻页时，还有一种脆脆的声音，仿佛那一刻，时间是片状，在掌中也都能折碎。

我站在一方木凳子上，沾着唾沫，好奇地翻看。忽然，从书里爬出几条一指多长细细的白虫子，像银鱼，游得飞快，在字里行间没命地奔逃，碰得那繁体的偏旁部首一路摇晃，哗啦哗啦地乱响。一怠慢，就不见了，再也找不到。后来留意捉住一条，不料用手指一捻，立刻成了白粉，烟消云散，什么也没有。一问大人，知道那是一种吃书的虫子。

这世上有我这类吃书的书呆子，没想到竟也有吃书的书虫子。

厚厚线装书里，果然有他们打的小洞，那是"书虫的鱼巢"。

没想到我读起来非常吃力的书，虫子们一个个都非常轻易地钻研到底了。便有一丝羡慕心情，觉得那能日日穿行在文字里的小虫非常了不得，如此威风地坐在古色古香的纸上，纵观上下五千年，一个个即使不过目成行，也得满腹经纶，起码也是"往来无白丁"。

姥爷说这种虫子还有个神秘莫测的名字：脉望。《辞海》里是这样解释"脉望"的："传说系蠹鱼所化之物，遇之可以成仙"。

脉望是一种"纸鱼"。我认为这种虫子在甲骨和竹简的时代，一定没有生存的空间，以后有了纸，在纸上印出文字了，才随着出现这种纸鱼。

后来，知道这种认识错了，《尔雅·释虫》中称作"蟫"，是白色的"衣书中虫"。视之如银，故曰白鱼。早在没有纸的"尔雅年代"就先有了书虫。

我多余地担心，那时没有什么依靠的一尾尾书虫，不会受寒着凉？而受凉的书虫，咳嗽时又是一副什么样子呢，咳嗽声非常古典？

古人是很羡慕这种虫的，明清赵德常把自己的书斋就叫"脉望馆"，清末上海有一家"脉望山房"。黄裳先生有一本读书随笔，就叫《银鱼集》，那是我1991年在郑州书摊上淘到的，可惜书设计得有点"望字生意"了：素白封面上，画了几条我们平时吃的鱼。其实离题远矣，黄裳说的银鱼就是吃书的"衣鱼"，取自"银鱼乱走"的句意。这鱼不是那种鱼，而是两种不同"阶级"的鱼。"这丫头不是那丫头。"曹雪芹笑道。

段成式《酉阳杂俎》里记载的脉望传说，更妙不可言，据当时可靠人士的秘笈：蠹鱼蚀书，碰到书上写有"神仙"二字的话，马上吃掉。如果连食三次，就能化作"脉望"。这脉望大约有情人的头发丝那么长，可以弯成一个360度的圆圈，读书人若夜里失眠睡不着觉，就可以拿着脉望对着星斗祈祷，这时会有仙人下降，给你几颗仙丹，用白开水服后，便可得道升天了。

用这种方式升天成仙者有不少人，但一定都是些读乱七八糟杂书的人。专心复习专业功课的人一般别想成仙。有一次，一个书生在书中看到了一个"脉望"，因为知识不渊博，不认识"脉望"，干脆把它烧掉抛弃，错失一步，落后百年，失去一次成仙的机会。我之所以至今还未成仙，大概也是与读杂书不多有关。若我拥有几条"脉望"在手，升天，也与周围那些溜须拍马的人升迁得一样快。

三十多年时光里，有三条"脉望"在我手边悄没声地流失掉，只因自己不识货而已。

不过成仙的机会可遇不可求，必须顺其自然。我有一册宋人的《北梦琐言》，说唐朝一位尚书的儿子，就是一位有抑郁症的知识分子，听说通过鱼虫可以成仙，他就用一种更简便的方式，从书中单选出"神仙"二字，然后剪碎，装在瓷瓶里，又捉了几条鱼虫装进里面，摇晃了几下。以便速成。

半年过去，仍未成仙。这次科学实验探索宣告失败，他也得了抑郁症。

命里注定，书生成不了仙。张岱比谁都明白而失望，早就在自撰《墓志铭》里说自己"书蠹诗魔，劳碌半生，皆成梦幻"。韩愈也不信，诗句"岂殊蠹书虫，生死文字间"，不知是赞叹还是嘲讽。文章满纸书生累，在中国文化史上，大部分书生变成了鱼呆子，只有一小部分人，在夜间无人之时，托关系或献媚骨，趁机升天成仙。

鱼虫。这颇有点诗意的小家伙说到底是书的大敌，它反对读书，反对知识，它颠覆一切文化，才选择了这种破坏方式，弄得怀有功名心的文人如临大敌。张岱《夜航船》里给文人指出一条光明的道路：鳗鱼骨烧烟熏之，置其骨于衣箱中，断白鱼诸虫咬衣服。他还说："芸香草能辟蠹，藏书者多用以熏之。"古诗有"芸叶熏香走蠹鱼"。

民间另外一种说法更妙，那是才子充满调侃的杜撰，说是春画可以辟火辟蠹。过去藏书家的书架上大都藏一沓春画。像现在的"毛片"，我觉得这是一种借口。

蠹虫也不一定不好色，它连"神仙"二字都敢咬，何况可餐的秀色？

我也想做一条书虫，但不一定吃字化作神仙，当神仙太麻烦。二十年里，我只想缩在汉字里，倚着每个小小方框，倚着我谙熟的那些偏旁部首，去做一个能温暖自己的春梦。

1998 年 4 月 5 日

书上印满那么多狗牙
——听荷草堂的事情

小城邮递员女同志给我家投递东西时，拍打一声大门，往往从大门下面缝里一塞，骑摩托匆匆便走，这就算完事啦。

第一个接到投递物的通常不是我，而是我家那只黄狗。每次听到外面急促的狗叫，我就得马上急急下楼，出来收拾应对。即使是这样，大多也为时已晚，信件、报纸、书刊多被它第一时间阅读，标志就是上面印满深深的狗牙印，狗咬牙切齿，狗牙坚固，穿透力强。多么精美的书刊，港台的、海外的、大陆的，花花绿绿，都布满狗牙印记。

从狗的立场看，这是一只狗敬业的具体表现。它对院子外面的事情，都视作外来异物入侵，它根本就不知道给我寄物的可都是一些所谓的"著名诗人"。

我不再说狗，转说诗人，一个好诗人去把手中的诗写好，写得有力度，这就是最好最深的狗牙。

2008 年 7 月 1 日

冷火与暖雪

人在童年，哪怕一贫如洗，也是一个欢乐的富翁。正因为如此，童年常常被作为回忆的参照物和坐标，或是珍藏的一坛老酒。

前一年，我曾在北中原一个小城，见过一位模样丑陋惨淡的老人，隐隐知道，他是二十世纪三十年代参加过台儿庄大战的士兵，嘴被打歪了，晚景落魄。一说话就鼻涕唏嘘的。他说他见过李宗仁。

当我们在一个落雪冬天的黄昏，围炉而语时，他竟说出一句话："还是小时候好啊。我现在有煮熟的骨头吃了，可我的牙已掉光了。"

那晚窗内的炉火正红，那晚窗外的晚雪正白。

1993年1月11日

写作就是住在一个村庄

必须把写作当成一个小小的村庄，你就是村主任，一个事必躬亲，比狗还要繁忙的好村主任。

了解每一块土地的墒情，成色，雨水，收成，哪里生长一道防风林，哪里生长一片新苜蓿，哪一片瓦缝里冒出一丝炊烟，全村男人女人多少，谁家妯娌不和。马几匹？鸡几只？以及哪伙人是你的拥护者？谁是一只笑面虎？哪几个人和你暗中较劲？谁在月夜草垛偷情，在月光里埋下嚼碎的情话？

以及几条狗在背后咬你的影子。

必须要有这些乡村元素。

必须去当一方"纸上之王"，戴斗笠作皇冠的草头王。

2004 年 9 月 14 日

宮壁

我姥姥說
世上的金窩
銀窩都不如
自家的狗窩
壬寅初夏鄭
中原渭傑記

文字的虎皮花紋

龟·莲·卷耳和崇物

"龟三千岁巢与莲叶，游于卷耳之上。"这是晋人张华在《博物志》里的一句，我看是想当然的妙语。手法接近幻想和童话创作。

龟如果在莲叶之上筑巢，游动时还显得畅然，接近水声。若在卷耳之上游动，就有点扎屁股了，理论上说不过去。因为卷耳就是苍耳。我记得乡村的每一面狗屁股上，都挂满密密麻麻的苍耳子，匆匆赶路。

古人以龟喻寿，将龟入名字以为雅事，如陆蒙龟、李龟年，大诗人陆游竟自称"龟堂老子。"这是宋代以前的故事。现在雅称谁是"乌龟"，他一准要跳起来，和你翻脸。

可见崇物再好，时光里，也多是风行一时。

2004 年 8 月

折纸

铝壶两把

一把　铝壶是某个时代面孔

生活里一万把铝壶冒出的烟气都是雷同的，正因为人间烟火雷同，才丰富加厚了社会的水垢。作家写作不能"全壶"，你得去寻找属于自己那一把铝壶，冒一家气息。

老杨对我如是说。

我说，你自己有那一把壶吗？

老杨不高兴了，说，老子没有壶你不能不去找壶。

一把 铝壶和蜂窝煤球的关系

在小城听到一个铝壶的故事。

我当业余作者，刚学习写作，就一直想写一本大部头的书发大财，把欠款还了。每年冬天，县招待所都要开一次通讯员会，住三天，早、中、晚都会餐，午餐还上"扣碗"。住宿取暖条件简单，招待所都是用煤炉烧开水，烧蜂窝煤球，一天烧五块煤球。大家围着炉子烤火，谈创作体会。文联主席总结说，这么好的条件，你们要再写不出来个大部头，对得起这五块煤球吗？

招待所通信员小马给送水，说起一把铝壶的故事。他自己是临时工，干了六年，一直渴望转正，转正多靠自己工作表现，说本该在这一年年底就要填表。

春节后，县委班子在招待所召开新年工作会，负责的赵县长休息时，小马好心提着铝壶，先去食堂门口水管打满水，天气寒冷，地下有春节点过的鞭炮碎屑，他放壶时，壶底恰好黏上一颗未响过的鞭炮，这是后来才知道的。一把铝壶灌满水后提到火炉上，壶坐上后，鞭炮融化，只听砰的一声响。

赵县长正在瞌睡，从稳睡中惊醒，第一反应是有对手要炸自己。

　　小马转正的事随着一声炮响，黄了。

　　小马哭丧着脸，你说这事儿咋能这么巧？

　　想到老杨经常教导我，要到生活中发现文学，我听后觉得这不就是一篇小说素材嘛。小马一手提壶，一边摆手，说，你千万别写，县城就这么大一点儿。

　　　　　　　　　　　　　　　　　2021年2月28日

生活面孔

生活裡一百把鋁壺
冒出的煙氣都是雷
貝的它是因的煙火的
雷才豐富加厚了社會
的冰垢但作家寫作還
居我屬於自己的那一把壺
去冒出自己的熱氣

辛丑春
守鄭馮傑記

集翎

三不像

那次在兰考开中秋诗会，老曹开车，在大堤上转了几个弯子，眼看就要迷路，才找到这一家饭店。浪费十公升汽油就是为了吃他家做的一道鱼。老曹说，我让你吃一次没有吃过的黄河鲤鱼，只有在这家店里能吃到。

他夸张地说，自己记得文字上有三次和这鱼有关联。前一次是历史上一位皇帝吃过；后一次是一位主席吃过；这鱼只活动在东坝头黄河拐弯之处。

言外之意第三次就是本次吃鱼。

鱼上来了，老曹说，严格不叫黄河鲤鱼，叫剑鱼，饭店俗称"三不像"：鱼头似鲢鱼扁平，身似鲇鱼无鳞，尾似鲤鱼竖直。

我前段时间刚买了一册辉县人李思忠先生写了

一辈子的《黄河鱼类志》，里面并没有记载这种剑鱼，我想该是兰考方言，因为剑鱼是热带鱼，属于海鱼，热带鱼再高调也不敢在黄河里试身手。

他说，黄河别的水段里都不长剑鱼，只有在兰考东坝头这片水域，黄河拐弯北上，才出这种独特的类型。

开封人喜欢有把握地吹，开封话叫"喷空"，喷得滴水不漏。

我说，别吃坏肚子，是开封环境污染，黄河鲤鱼基因转变吧？

老曹脸一沉，说，那下次还上常规的黄河鲤鱼。

我说，生活里我一直是喜欢常规。

老曹笑了，说，看看，找到了吧，这就是你一辈子不出啥大名的主要原因。

2021 年 3 月 8 日

雀，国鸟乎？

麻雀档案里，关于它的典故大都不太体面气派，多是形容麻雀小家子气。即使"五脏俱全"之说，也是建立在"麻雀虽小"的前提上。麻雀格言中，最有名的算是司马迁在《史记》里一句"燕雀焉知鸿鹄之志哉？"此为大理想者所言，以致让后人当了样板，动不动以鸿鹄自居。麻雀成了负面。

麻雀其貌不扬，颜色土赭，接近大地肤色，恍惚是大地溅出来的土点。有点像我们北中原乡下人渍汗的布衫之色。当年灭"四害"，麻雀不幸列入，算是冤案。麻雀受灭族的委屈也全无谓，从我记事到现在的几十年里，或单枪匹马，或群起而攻之，它们依然如故，叽叽喳喳。

中国历史上画雀者我只看过一幅，宋代崔白的

《寒雀图》，当然是印刷品。九只麻雀在皇帝鉴赏之宝的印章间穿行，神态各异，呼之欲出。后人无专画麻雀的，不像马、牛、驴、驼之类大物，能画出气势。

在我家院子里，每到暮晚，从四面八方飞来数十只麻雀，汇集在竹林里，叽叽喳喳，比孩子们上晚自习秩序都乱。然后过夜。第二天，天未亮，又开始晨读，叽叽喳喳。然后重新飞往四面八方，像我们这些小人物，天不亮就要忙于生计。它们竟不客气地把我家当成自己家了，留下一地桂花瓣般的雀屎。

但无聊时我又一想，大地本是万物之家，只有人类才狭隘地去分你家我家。我们焉知麻雀之志哉？

2008年，网络媒体兴起评选国鸟活动，我看到"候选人"里计有丹顶鹤、朱鹮、孔雀。都是名鸟、大鸟、好鸟。丹顶鹤的呼声最高，理所当然中标。后来却有一说：丹顶鹤国际上公认的拉丁学名竟是"日本鹤"，这在国人感情上是不能容忍的。

我就想到，其实麻雀当国鸟最好不过，如此实际，只是都不愿最后确定，怕拿不出手，有失华夏大国的面子。国鸟未必华丽象征，戴胜在我们北中原都叫"臭咕咕",不照样当了以色列的国鸟?

后来再读《陈涉世家》一章,我方知司马迁那名言的片面性。鸿鹄知道燕雀之志吗?雀说。世上万物各有各的玩法,天鹅不可强求。

雀语细碎。我说的以上这些都不算。

2008年11月8日

几种鹤顶红

少年时看武侠小说，里面最毒的一种药叫鹤顶红，又叫丹顶红。高人用长指甲嵌浅浅一点，不经意间，弹在酒杯里，饮者片刻就可毙命。

有一种说法，鹤顶红是从丹顶鹤的红冠中提炼出来的。这有点"鹤与间谍"的味道，落差很大，林和靖也想不到。古代大臣有将"鹤顶红"置于朝珠中，便于急时自尽，销赃灭迹或舍生取义。这大约相当于希特勒大牙里镶的那颗氰化钾。

关于鹤顶红，心里便有悬念。这意象形状：冷、艳。

后来看到苏轼有诗"掌中调丹砂，染此鹤顶红"，诗是好诗，原以为苏轼亦在施毒，好得要毒死诗。经一解释，方知苏先生说的鹤顶红是一种山茶花，准确地说他不是讲山茶好，而是说画家手艺高超。看画毒不死人。

以后再探究，我问过北中原一个乡村中医，他年轻时吃过猴脑，笑道："鹤脑本无毒，食用还可增目力，夜能见物。"可见鹤顶能配毒药纯属无稽之谈。就是说吃鹤脑只能撑死人，不会毒死人。

古书上记载，鹤顶红只是红信石、红砒霜的别名。

觉得这种解释少了一丝悬念。老先生只宜望闻问切，不越雷池，不适宜看公案武侠，福尔摩斯，克里斯蒂。

一天，我们几个闲杂人员在饮酒，饮到兴致，就说起鹤顶红云云。一位朋友说，他脖子上就挂着一个"鹤顶红"。着实吓了我一跳："难不成想学古代大臣？"

酒桌上，他露出胸毛，边解扣子边说："我玩玉，玉石里有一种带红皮的玉，就叫鹤顶红。"

2009 年 3 月 22 日

四海之内皆兄弟

在乡村日子里，我知道鹊鸰还有个别名，叫"四海之内皆兄弟"。有点长，却有意思，我不知道这一鸟名最初的来历，何人命名？

这是一句中国传统经典古语。

小时候打架，我深知这句话蕴含的巨大魅力，还有凝聚力。我还想起写《大地》的美国小说家赛珍珠，她能把中国的《水浒》翻译成《四海之内皆兄弟》，这种意译，效果出乎意外，充满神韵。不知她知否鹊鸰之说？

鹊鸰这种鸟习性群居，相助相救，若有一只鹊鸰受伤，其他数十只会围着伤者叫个不停。有的营救；有的呐喊；有的衔食；有的声援。在我家的院子里，落下一只，我就亲眼遇到这种动人情景。

有一年北中原乡村的黄昏，在暮晚鸟声垂落的田野，我一人独自散步，大地苍茫。见到一个提鸟笼的孤独老人，我第一次听到一个养鸟人这样对鸟命名。便有一种人情的温暖，让我感动。

一时无语，那时刻，我竟想到人类有时的所为。

2002年2月

在城市不要随便看乌鸦

乌鸦你不能长时间看它，它记忆力好，会记人，它会像幽灵一样跟随着你，俯冲，挺吓人的。不同的是它们在高达十米的天上明目张胆。

有这样的体会。

今年初夏，到郑州医院给我姐买药，时间还早，医生还没上班，我便在街道高大的悬铃木树下坐着，消磨时间。闲着无事，人太多又看不过来，便不看人，就看树木，无意看乌鸦。乌鸦在树丛和电线里像鱼一般游弋。

我看了足足一个小时，引起乌鸦们的注意。走时，一只乌鸦带头，后面紧随几只乌鸦，撵着我，大声叫着，大概要追究一个说法。我认为事情蹊跷，不讲风度了，急急消失在人流中。

　　　　　文字的虎皮花纹

乡村的乌鸦温和，城市的乌鸦焦躁，尽管不知道它们的意思，站在它们立场上，我肯定是冒犯。看来鸟的隐私你也不可观看。

回来有人纠正我，那不是乌鸦，城市早已经没有乌鸦，它们躲避在离城市遥远的太行山里，或更远的小秦岭。城市里更多的是黑鹊，近似喜鹊的一种。

当时以为是乌鸦，题目保持这样，尊称为城市的乌鸦。

2012年8月23日客郑

城市鸡鸣

这一天，我坐在郑州一辆缓缓行驶的公交车上，看到一车密集的人头在晃动，像风中纷乱跳动的大葵叶。

一哲友前天对我言：一个人如果过30岁在城市出行还坐公交车，那他是不成功者。

我掐指细算，我竟不成功还多延伸了15年，属资深不成功，相当于古代一落魄文人。忽然，听到"啾啾"鸡鸣，没错，是雏鸡之声。在喧闹的车上一时显得陌生，新奇。像铁板上滴入一颗露珠。

鸡鸣一时把一车人喧嚣声都压盖住。我看没一个人来留意。一车的凉面孔，百分之九十不成功面孔。

我看到座位上一个乡村老人，挂着扁担，腿下放两个大竹筐，上面裹着一层斑痕累累的旧布。鸡

文字的虎皮花纹

声是从那里发出，旧布虽厚却裹不住鸡声。老人手中拄的那支扁担乌黑发亮，我还看到更发亮的是他指缝里镶满黑泥。

在城市里能听到鸡鸣，真是稀疏，却感到新鲜，有点像一个人在炼钢厂车间锅炉旁读到王维诗集，现实和背景显得有些巨大落差。

老人旁边还有一个空位，没人去坐。我让他往里挪，这老家伙却固执不动，我就只有坐在他里面那个座位。立刻闻到他身上散发出汗气和脑油交织的气息。参照我自己经验，他身上衣服至少一月未洗。周围几个城里年轻女人，宁肯站着，攥着扶手，也不愿和他为伍坐在一起。那时，我就是想为美女献媚让座，恐怕也无人领情。

他身上这种气息我曾有过，像"闻香识女人"一样，这是区分城里人和乡下人一种有效微妙标准。

鸡鸣仍在响。他和我都在终点站下。他提着两个竹筐。我提着一捆书。

在前面站牌下，他弯腰整理竹筐上面交缠的绳子。我就问："小鸡多少钱一只？"

"一块钱。"一脸木木表情，"要吧？"

"是你自己开暖房孵的？"我又问。我老家就有一处孵鸡的暖房，和我家隔一道土坯墙，孵鸡者经常给我姥爷送那些孵不出来的鸡蛋，煮着吃，我们村里叫"毛蛋"。

老人说："你又不买，问啥？没事拿我开耍？"

这真是个倔老头儿。不买就不能问问你？我也来自乡下，我见到来自乡下的人有一种亲近感。他感受更多的一定是城市的陌生和拒绝。城市排斥一个孵鸡的乡下人。

我真被问住了，言不由衷买了两只闲鸡。

我算计一下，他这两筐雏鸡都卖完，也不够在这座城市星级酒店住上打折的后半夜。

城市楼里不让养鸡。卖鸡者来城市绝对是错误。我也是闹市里匆匆一过客，我也有鸡的两条腿。家又不在城市，在这座城市我买两只小鸡何为？

那老家伙早已急急消失在泡沫般人流中。我一边走，一边听到掌中鸡鸣。在城市里，那声音新鲜得像一束水田里雨后刚栽的稻苗。声音新绿。

今夜，我不知将这一把声音安置何处？

2010 年 4 月 22 日

你讓天下所有的雞開嘴也阻止不了天亮 壬寅 馮傑記

集翎

赶在伯劳之前

伯劳是一种乡村之鸟，白。

樱桃是一种樱桃树，红。

我家的一池院子，绿。

今年一树樱桃花开放，一簇簇的花朵争着抢着在注册着花香。等到花最后烟消云散时，一查，满满一树的花，只结了二十颗樱桃。

小儿子对樱桃寄予了希望，上学放学时，都要在树下看一眼樱桃，才放心。

樱桃开始从绿到黄。从黄到红。

一天早上，儿子在屋里惊叫，让我快些出去。原来，他看到有两只伯劳鸟在啄食樱桃。我家有一册厚厚鸟谱，他天天翻看，了如指掌，自然认识伯劳。

等我出来时，为时已晚，樱桃早已被伯劳啄去五颗。伯劳比上早自习的儿子起得更早，天不亮时鸟儿便已开始早餐。伯劳的叫声清亮，水洗过一般。伯劳在我院里穿梭了数日。

剩下十五颗依在。

儿子的想法更绝，便在树下拴上一只狗，目的是用于吓鸟儿。这有点像租赁了一位警察。但两天以后，很快便又辞去了警察，因为这只狗不老实，老是牵着一副铁链子在樱桃树下转来转去，焦急不安。这样，又震落掉两颗欲红的樱桃。

儿子有法，在樱桃树上高挂几个红红的大塑料袋，风一刮，便呼呼啦啦地转动，响着，像树上的稻草人。果然有效。伯劳敬而远之。

到了收获时节，还有十颗樱桃闻风不动。

有一天，我下班回家，看到小儿子坐在树下，正用一方凉毛巾敷腿，一问，原来是在摘樱桃时，凳子倒了，划破了小腿肚子。儿子在一边盘算着今年的樱桃账。

枝头上，剩下樱桃核在风中簌簌响着。单听那声音，晒干的樱桃核在咬牙切齿。

二十颗樱桃只剩下了十颗。

以上是2005年记事之一，小儿子写过作文予以记载。

我知道，这一年世界发生了许多大事，但对孩子们来说，二十颗樱桃未能赶在伯劳之前平安地走下樱桃树，这才是更大的事。

2006年4月30日

藍樹紅鳥
壬寅馮傑

集翎　　　　　167

鸟奸

　　小时候，在北中原捕蝈蝈时，我老舅制造了一种引诱它出来的道具：在一根筷子上刻成格格，然后用另一根筷子划响，就会发出如蝈蝈般声音，叫"虫幌"。

　　我姑姥爷捉鹌鹑时，还有一种"鸟奸"，用已捉到的鸟把同类鸟引来，这种起着引诱作用的鸟叫"䴗子"，又叫"游子"，可算"鸟幌"。

2004 年 8 月

自己連褲衩都快穿不上了
還責問別人怎麼不繫領帶
壬寅初 馮傑

小确幸

草狗在乡下叫"土狗"，要和洋狗拉开距离。学者叫"中华土狗"，我们叫"柴狗"。

蝼蛄竟然也叫土狗，听起来够夸张吓人。最早命名者一定是位近视眼，远看，蝼蛄形状像卧着的狗；近看，蝼蛄形状像卧着的狗。

地下的土狗远离地上的土狗，开始在地下穿行。新注释叫"返土归真"。

那里，散发着泥土气息。是它的世界，有它的开心之处。

也许，它有"小确幸"的感觉。

2021 年 3 月

言物

童尿与夹竹

外祖母告诉我，童尿是一味神奇中药。

有一年夏天，我害了红眼病，长久不愈，小学老师怕传染，让我请几天假在家待着。说等好了再去上学。

姥姥肯定的口气说：用自己的尿在太阳底下晒过后，再去洗眼，两次就好。

有这么神奇吗？好在是自己的尿。看看四周没人，我就小心翼翼把尿滋在一方小白瓷盆里。

因为紧张，太少，只好把盆将就着，斜斜地放在墙下。盛夏的阳光静静注视下，一时，分不清盆里哪是阳光，只记得旁边木桶里有一株夹竹桃花在使劲地盛开，红得灿烂，也像害了一树的眼病。

这是三十多年前的旧事，现在，也到了只能去找童尿当药引的年纪。

一天，说起害眼，我给小孩子又讲起这一旧日的"秘籍"，大家都笑，不相信。小儿子一肚皮狐疑，只说："倒是小尿盆旁边，那一株夹竹桃开得还算有一点点意思，其他，就免谈吧。"

2000年6月1日

他们都是瓦

中国人姓瓦的少，倒是外国人姓瓦的多，小时候看南斯拉夫电影《瓦尔特保卫萨拉热窝》，记住一个"瓦尔特"，他的刚毅，他的风度，还有他的高鼻梁。

现在，我周围没有一个姓瓦的。方圆百里，倒是姓砖头的多，但见砖头横飞，大师美如蚂蚁。没有瓦建不成房舍、猪圈。我看书时倒见到许多姓瓦的文朋诗友。譬如看到一条："博纳富瓦论瓦雷里"。

博纳富瓦说："瓦雷里的作品中有一种力量，但这种力量却是迷茫的。"

这论断中肯。像一片语言的瓦。像形容我一直看到听到的"某一种主义"。

世上那么多作家都是所言非所写，在"非知行合一"，仔细看来，更多是知行有二，有三，有五。

2016年2月25日客郑

非抽象之竹之藤之木瓜和等

护墙竹

我家种的第一棵竹子是从滑县乡下留香寨移过来的，刚开始时是筷子大小的一棵，以后竹子逐年用加法递进。就生长了一院子。后来在院里开始收拾不住，每年发芽抽笋时，每棵竹子都有它自己出人意料的想法。再后来就上到我的稿纸。

在中国传统文化里，竹，以自己瘦瘦的骨头，担当了中国文人沉重的操守。似乎书房不挂个竹子，就好像不能向世人表白心迹。

我搬过几次家，每一次都是携竹子而行，人到，竹子也移去。不然老觉得像答卷上一道填空未填，心里悬着。但我不是像苏轼、郑板桥，他们骨子里爱竹是为了象征某种精神境界，我是一介文人，穷而寒酸，更讲实用，主要觉得竹子一年四季都绿，装饰院里白墙是最恰当，节省了一道山墙和屏风，且月夜还会造风。

扬州八怪里属金农文品最高，画竹也好，但他却叹自己的竹子不如郑板桥有"林下之风"，有一天他想念郑板桥了，就画一幅竹子送去，"吾素性爱竹，近颇画此，亦不学而能，恨板桥不见我也。"其实我喜欢金农掌上的功夫，拙，生，不像郑板桥胸有成竹，一挥而就，像个"竹油子"。俗。

后人评论说郑氏画的是"市场竹"，与时俱进，金农画的是送人竹。前者讨好市场人心，后者画的是温暖。

有道理。那么吾竹与雅无关，我家的肯定就是护墙竹。

挂一颗木瓜吧

院里能栽一棵木瓜树，是我多年草木计划里的一项。看到《长垣县志》里就引用《诗经·卫风》句"投我以木瓜，报之以琼琚。"把这诗列为那时的乡土诗人之作。我看全诗意思是放小饵，钓大鱼。但是我认为木瓜并非就比琼琚差。木瓜能泡酒健骨，玉能吃吗？

我对木瓜的怀念源自童年，母亲在衣柜子里放了一颗，我便就一直惦记那颗木瓜，直到现在。一个人就怕惦记着一样东西，对人对事对情感。惦记着，就有一股万有吸引力。

村北林场场长当年有一张木床，他一直自豪，因为四个床腿都是木瓜树桩做的。

木瓜就是"麻木迟钝之瓜"的简称，我最早啃过一试，果然。

木瓜品质就像一个乡村退级的孩子。呆呆地挂在学校的墙壁。

藤，但与徐渭无关

徐渭把自己的书房叫青藤书屋。十九年前我去绍兴专门拜访过，急急看完鲁迅就忙着去看徐渭。不料迎面盖脸的竟是几棵芭蕉。

藤在我们村早年的杏林里，遍地都是，伏地蔓延，村里人叫葛火花，简称葛花。我们骑在上面，像骑绿色的马。母亲说，那些都是她小时候种的葛花树。

确切说，学名叫紫藤，根据花色而命名，花未开展时我们采葛花，蒸葛花吃，炒葛花吃，姥姥在热水里焯过一滚后，摊在簸箩里晒干，储存到冬天，做素馅，包菜包子。

那时，在乡间，我是携带一肚子花而行啊。

院子里现在移来这棵紫藤，也来自留香寨的沙地，开始带来时是鼠尾一般细小，便于易活，还带一些"老土"。现在蔓延到楼顶平台架子上，再不肯下来。有时那一些先锋的绿蔓往窗子里探首，样子犹犹豫豫，要进来的意思。

开花的时候，墙外小巷里有人在下面收拾，说葛花解酒，有它垫底，以后可以放开胆子待客了。其实这葛花不是那葛花，尽管都叫葛花。能解酒的那种葛花是一种蝶形花科野生植物，非藤类，下面根茎硕大，可做淀粉食用。

初春，紫藤先开花，后有叶子。那一年紫藤开花季节，我母亲去世了，那年阳台上满满的一天紫云，像专门最后送母亲回去。母亲在医院里惦记着，问葛花开没，她还等着回家为我们蒸葛花。

母亲去世的第二年，花季来临，一树只开几穗，出奇的冷落。等到我祭母亲三周年时，紫藤花又开满了，像是一种纪念。花应有自己的周期，我知道这花也有自己的心思。

阳台上堆满半天绿云。有一天，我发现紫藤深处藏一斑鸠窝。在叶缝间，一只孵蛋的斑鸠探首看我。我忙装作不知，转过了身。

它能一出现，就说明院子里还有其他种类，如一棵南天竺，一棵棕榈，一棵核桃树，一棵银杏，一棵山楂树。因暂时找不到适当的文字装置它们，我就都先放到"等"里。

我发现，汉语里最大的一个词就是"等"。许多不便说和不想说的词都可以装到里面。等等。

2009 年 6 月 28 日

瓢是葫芦的二分之一

姥姥是这样教我种葫芦：

先把葫芦籽泡在小碗温水里，上面盖一片湿抹布，放在炕头，等葫芦籽发芽后，再移种到地里。这样成活率高。育种期间且不能接触油腻东西。

在我们村有个习俗，葫芦籽大人是不让嗑吃的，据说吃葫芦籽嘴里能长龅牙，立竿见影。当年有一个极红的影星长一对出类拔萃的虎牙，后来碍于美容给拔掉了。我替她遗憾。当时我就考证她小时候一定偷吃过葫芦籽。

古人崇拜葫芦，因为它多子。多子多福。在北中原，葫芦有着自己的家族系列。圆的我们才叫葫芦，长的叫瓠，瓠吃起来比葫芦味道更好，利水。把葫芦解开又叫瓢。我家至今还用。母亲做饭时就是以"添几瓢水"为度量单位来计算多少米的。颜回也种葫芦，颜回说的"一箪食，一瓢饮"，说的也是葫芦的二分之一。

葫芦具有可塑性，年轻时候套上不同的容器，能根据主人自己需求长出多种形状。过去这些大都是乡间玩蟋蟀的人去摆弄的，叫蛐葫芦。我家里主要种有四种葫芦：大葫芦、小葫芦、长柄葫芦、亚腰葫芦。种蛐葫芦有玩物丧志的嫌疑。

在听荷草堂，每年我都有种葫芦的习惯。

趁葫芦发青时，我急忙在葫芦上用毛笔写字，晒干后，就挂了满满一墙。风一来，哗啦哗啦地响，像谁在秋风中朗诵诗句。在葫芦四壁上面，我抄有"乐府"，抄有"古诗十九首"，那是汉朝人的声音。葫有腹语。

当年，姥姥还认真地交代过我，说一家人过日子，不能用一个葫芦分开的瓢，那样家里日后就要出秃子。我觉得这已是另一种葫芦逸事了，正史上肯定不记载，有点接近科学上的仿声学。我知道，天下的秃子都是互相抄袭的。

2006 年 9 月 11 日

中原小吏大如斗
辛丑秋 溥傑记

屙址·向上的象征

对蜗牛的发音，我们北中原乡下叫作"e zhi"，照音我写作"屙址"。

似乎不算雅称？我想想，蜗牛走过下面便有一条细细银白小路，如月光铺就，大概就是它"屙下的地址"，于是就叫屙址。这里有望文生义和牵强附会之嫌，是作文时典型的冯氏命名法。

凭我的文字手段勾当，我当然可以根据发音选择一个雅音，如"娥芝""萼栀"，都是美丽之花，但我认为就应该是"屙址"。

在雨后故居，一道布满青苔的旧墙，经常看到布满纵横交错的蜗牛之路，可谓绿台玉道，就是这种意象，那银色之路走到墙头绝处便没有了，去向不明。想那道路就该飘向天空。

蜗牛是负重之虫，一生带着命中注定的小包袱，压力贴在肩头。

小时候，人们说蜗牛是一种有碍视眼的东西。我们乡下比喻一个人没有大理想和胸怀，就是"蜗牛壳里做道场"，房子如果窄小，文人就称"蜗居"。总之，蜗牛是拿不到桌面的代表，是负面人生那一类。

对号入座，其实我就是一只乡村的蜗牛。少年时代选择了文字，选择的方向竟不知道对错，像赌博一般，四十五年了，才踏到文学的门槛。人到中年，看看来路，有些许温暖，更多是漫游着飞蓬苍凉，想哭，却没一方容器盛下眼泪。就不再计较对错。

蜗牛一般，我只有向上笨拙地爬，风雨，哀愁，跌倒，这是每一只蜗牛一生中应有的过渡宿命。我身后是若隐若现的印痕，那该是自己经营过的文字，废墟瓦砾一样，闪烁在干枯的稿纸上。蜗牛从来就知道自己一生是缓慢迟钝的一生，赛跑比不过兔子。我却知道自己是失败的一生，竞争比不过别人。

我不向上爬去，还能去到哪里？尽管缓慢笨拙，总比原地不动要离所谓的目标近一步，尽管到最后都是一副易碎的空壳子。盛着更空的风。

2009 年 3 月 25 日

言物

青蛙物语

昔日的夏夜，常是蛙声四起，一个乡村交响乐团，似乎要把一个乡村的夜都抬起来，放到一张荷叶上。

我还记得，一个戎马倥偬的人在擦枪的同时竟能写出"稻花香里说丰年，听取蛙声一片"的意象。如今在城市里，我再擦枪，即使锃亮，也听不到蛙鸣，让我只能缩在半卷宋词里去听。

我那时把青蛙分为两种：一种绿色的叫"花老包"；一种叫疥毒，就是癞蛤蟆，学名蟾蜍。乡下人常说的一句是"癞蛤蟆想吃天鹅肉"。我就觉得蟾蜍是个有天分的幻想家，适合学我去写诗，整天考虑一些漫无边际的梦想。

前一种可食用，后一种可入药（也是另一种

吃）。不过我不吃青蛙，面对宴席上的青蛙，我是退而避之，还主动不让朋友点此道菜，尽管这对饕餮的食客微不足道，对推动豫菜的发展也无益，我只是努力去做自己能做的一点些碎小事。不是为了青蛙。

乡下蛤蟆还有另外一个本事，能上升到另一个境界——修炼成精。

姥爷讲的乡下故事汇编里，出现有一位蛤蟆精。它呼风唤雨，法力无比。如今进入现代化了，大家倒不觉得稀奇，因为看到许多的人都在成精。

那一晚，我想到蛤蟆精，就不敢走夜路了。

2006年8月23日

摩擦起哄

——小学记事

物理课其实是我不欢迎的课程之一。但并不影响我后来热爱爱因斯坦。

在乡村小学刚上"物理课"时，教物理的滑老师长着一副黑旋风脸，乱须浓眉，非常敬业。讲到摩擦起电时，为了加深印象，便用钢笔在自己蓬乱头发上摩擦示范，放到桌子上。

果然，能吸起上面的碎纸屑。

他就最后举例说："再比如，我们去逆方向摸猫的皮毛，就可以产生更强更大的电流，大家有条件可以回家试试。"

好，我家有猫。这种物理我喜欢。

不料邻桌一个女孩子激动得跳起来，脸色通红，惊叫着问我："天啊！那城里的一座发电厂要养多少只猫？"

2006年8月1日

我们对待这个世界的态度即使睡之时也应像一隻好奇的老猫

戊子初暑冯傑题画

鲤鱼的错误

　　　　　"客从远方来，遗我双鲤鱼，呼儿烹鲤鱼，
　　中有尺素书。"

　　此"乐府"之句。中国浩浩诗河，唯"乐府"有
此奇境也。

　　鲤为我童年少年时黄河畔常捉之鱼。据豫菜美
食家说，世上只有北中原此河段之中的黄河鲤鱼，
最为肥嫩纯正。此段黄河河床最宽的缘故。

　　多少年过去，那些金色鲤鱼仍在我梦里飞翔。
在"古诗十九首"里飞翔。那些作诗者都是古代河
南人。

　　有一年我客滞在一座喧嚣的城市，梦到了鱼，
以水墨试之，画了许多尾鲤鱼，在宣纸上鱼仍沉浸

同床異梦

人為刀俎我
為魚肉 壬寅
於鄭 馮傑

在时间上游，在最深的童年梦里，犹有泼刺水声。落款宛如点点红鳞。

后来再读《汉乐府》，每每读到"客从远方来，遗我双鲤鱼"，拍案，意为如此之远送两条小鲤鱼，且将信藏到鲤鱼腹中，奇诡。汉人多奇矣。不怕鱼臭乎？

五年后又读，不料竟是鲤鱼的错误。知"双鲤鱼"是信函代称，信函之使的古典鲤鱼。

那一天，我翻检旧书，看到一幅木版画，古人是将信藏在刻成鱼形的木函之中，木函一底一盖，一上一下，故称，相当于我当年寄情书时为了节约制造的厚牛皮纸信封。

后面有"呼儿烹鲤鱼"句，木鱼自然不能烹煮，是取信时主人的欢乐生动。

可是，我怎么也忘不了少年时代对鲤鱼的误读，印象中更有幻想奇妙之境：相思的人他们能将文字煮熟！先烫伤眼睛，再烫伤喉咙，最后烫伤思念。

2007 年 1 月 25 日

题蕉

刚出芽的芭蕉心是从左向右旋转？还是从右向左旋转？

这就像驴子起步，习惯先迈左腿。左腿上有夜眼，便于照明。芭蕉则是便于吐出花朵。太阳是从左到右移动的。芭蕉要有阳光牵引。

画画越画出无聊便越有趣。我总结的一条画诀。

夏夜的风一来那些绿色的舟子
开始在月光里启航
壬寅 冯杰

蓖麻止疼

乡村学校残墙外冒出一丛蓖麻，在左冲右突。我们都叫大麻子。叶子大得可以落满上课的钟声。

三年级教室后墙上竟贴出一张宣传画，是号召全国人民都种蓖麻，支援国家建设。我个子高，每次全班排位置都在最后第六组，后来小学整整五年里都是"倚墙派"。这种经历让我后来明白了一个道理："在家靠娘，在外靠墙。"一个人必须有个靠山，现在我靠苏东坡。

那一棵纸上蓖麻生长在我身后。老师在前面课堂上讲天下大事，我能听到后面一棵蓖麻抽枝绽叶之声。

父亲给我说过："蓖麻油好，国家飞机上都是使用蓖麻油。"以后在我印象里，蓖麻是可以使飞机飞翔起来的植物。

现在想想，父亲一生都没有坐过飞机。我有能力了，他却去世。人生就这么追悔莫及。活着，后悔着。后悔着，活着。

过去村里田地种农作物都统一安排。蓖麻。红花。油菜。芝麻。它们都由不得己。有一年回老家，看到乡村公路边田里种满蓖麻，叶子油绿。蓖麻属于"竭地"植物，农民大都不愿种。怕累着土地。

蓖麻田每片叶子下都遮盖住一滴鸟声。

到收获时节，摘下的蓖麻要带到十里开外的镇上出售，或榨蓖麻油。我掐过一颗蓖麻仁，用两个指甲盖一挤，蓖麻仁挤出来明晃晃的油，涂到头上，可替代头油。那时候，小男生往头上抹此油，让自己的头发在学习好的女生面前呈发亮状。

有一次我用几粒蓖麻仁涂染一整张白纸，湮过蓖麻油的纸张开始透明清亮，显得薄透，可贴到画书上清晰地描画。可惜那时我没申报专利。

蓖麻油的风格清亮透明，它是乡村油类里最纯的，它有理想，它要在天空飞翔，不像其他油类那样混浊度日。

四十年后，一个城市的寒冬，我在一架报栏前无聊浏览，忽然看到一个科学家写的知识，知道大麻子产生电磁可使"体内脑啡呔水平升高",脑啡呔是何玩意儿？我查查，是好东西，它可产生镇痛作用，相当于恋人的手。

具体方法是，在家里种上一棵蓖麻，每天将疼痛的部位靠近蓖麻一个小时，一周可缓解。我暗自发笑，把整座医院搬到蓖麻田里不就妥了。这时，城市凉风穿越我衣领，在割我脖子。

蓖麻造型纵横交错，它离我越来越远，现在几乎在北中原消逝。地下的事情比天上的事情更难猜。

我外祖父晚年瘫痪，躺在病床，大便干结，解不出来，我从药店买来一管蓖麻油使用。再后来，用手扣。

再后来，就是最后的疼痛。

我老家那时候种下那么多蓖麻，我在蓖麻田里穿梭，绿叶遮盖住上面的云朵和云朵上面慢慢滑行的飞机。蓖麻止痛，后来蓖麻没有制止的疼痛向我一次一次地流来。脑啡呔也制止不住。

芭蕉就是不能与愁有关

芭蕉可以为文字遮阴。不至于文字干燥。

写芭蕉的诗词多多，皆与孤寂相连，芭蕉叶大，盛的除了露水，剩下的都是孤寂。

我查过《全宋词》，宋人在里面埋字灌墨，前前后后大约种有70余棵芭蕉，枝繁叶茂，大多载愁。著名的是清人蒋坦《秋灯琐记》里的闲笔：主人见园内所种芭蕉叶大成荫，秋来风雨滴沥，就题断句于叶上"是谁无事种芭蕉，早也潇潇，晚也潇潇"。次日，见叶上有续句"是君心绪太无聊，种了芭蕉，又怨芭蕉。"典型的属于知识分子两口子打情骂俏。其实唐人早就道出"芭蕉叶上无愁雨，自是多情听断肠"，自己愁吧，千万别把芭蕉扯上，蕉叶裹小资。制绿帆而渡灰愁。

我必须别出心裁，单只说以下的两棵芭蕉。它们都与愁无关。

王维当年有一棵芭蕉，栽在《雪中芭蕉》画里，栽后大家纷纷指责"一棵芭蕉怎么能在大雪里呢？"双方道理都对。只是把形象思维弄成科普读物了。后来《渔洋诗话》里替他开脱："只取远景，不拘细节"。照我说，诗压根儿就不应像绘画那样谨慎。据说当年老舍让齐白石画芭蕉，白大爷就提笔发愁过，他考虑好几天：这芭蕉心刚开始是从左向右，还是自右向左？

我倒认为王维也是写实。因为我家院里就种有芭蕉，每年如果下第一场初雪，白中有绿，果真就有"雪中芭蕉"之景。这是我亲眼看到的。只不过是王维把短暂复印成了永恒。

还有一棵芭蕉，叫松尾芭蕉，是日本的俳圣。我少年时代读过他的俳句，还仿写过许多。有一年给翻译汉俳的林林老先生寄过一沓，大约三十首，没有下文。芭蕉51岁病逝于旅途，留下最后的俳句是"切望于风雅"。

真正的风雅之士醉后即使呕吐也要捡个地方，冬天必须在梅花下，秋天在菊花下，夏天在芭蕉叶下。否则，都是酒鬼，都是俗物。都不讲究。

周梦蝶是这样写诗的："芭蕉的鬼魂无视于窗玻璃的阻隔，飘然闪入，吐气若兰，说，梦蝶先生，我可以坐下来吗？"

2008年6月18日

看到学名叫柽的沙柳

后来才知道,专业上称它叫"柽"。

看第一眼,我险些叫它"树怪"。因为古书上说,树一上年纪也能成怪。老而为妖。

它竟是"木之圣",圣人和魔鬼也就一纸之隔。

村里人都叫红柳、沙柳、三春柳。它形状俊秀,尤其在夏秋开花季节,像汇集一层粉雾。河北的纪晓岚诗意地称它"绛霞"。因其不成材,在北中原列为用处不大的闲杂树,多至用于编篓握筐。我从碱旱的黄河滩上移栽过一棵,想做一个树桩盆景。那时我看到红柳一条主根向下固执地深扎,横向的毛细根极少,几乎没有。我就明白,它在水源缺少的沙碱地,为了生存,只有一个劲儿往下讨取水分,才不至于在恶劣的日子里渴死。在干旱极限中,它在众多植物里有坚韧的承受能力。这是柽在生存之中自然形成的草木毅力。

今年夏天，我在郑州城市农行谋生客住的一间旅馆房子里，卧窗无意张望，我看到另外一座楼层的平台上，竟生长着一株红柳，身高一米左右，在水泥板缝隙里艰难向上，上面且已开出一穗红花。平台的一边扔着牛肉罐头盒、啤酒瓶、拖把、机油瓶盖子、摔破的游戏光盘、杰克逊唱片和马赛克碎块。

拇指般粗细，这棵树年龄起码有三四年。这种环境你不用请"易经大师"预测，都可以知道它未来的结果。

我思考的是，哪一阵它不可左右的风，把自己的命运吹到无土的四层高楼上面？孤零零地，想找棵说话的树都难，如果下地，周围地上那些高大的城市法国梧桐树恐怕也听不懂沙柳之语。

正好无聊，我犯职业毛病，借此寓彼，一时想许多咸淡之事。还想到那些来到城市里常和我打照面的民工（也包括我这类文化民工），大家是否都有一点沙柳命运？

一时为行走的草木和行走的人类感叹。

再想，属于开始自找头疼了，脑壳里聪明在打架。刹住。

其实这棵沙柳根本不领情，它是"木之圣"者，在无土的高楼上从容摇曳，"柽"在说柽话，让我同样不懂。它只说给自己听。在城市，人与草木从来有隔阂。

　　　　　　　　　　　　　　　2008年7月22日郑州

毛豆荚的三种

　　姥姥的院子里，晒着一簸箩毛豆荚。阳光四溢，皆属乡村静物。

　　毛豆在簸箩里噼噼啪啪不时爆响着。声音过后，阳光受惊就躲闪后退。

　　我总结毛豆荚简历，大概有三种：

　　单籽豆角，外形硕大、饱满、丰盈，一荚里包含一个主人公，有点像独院子里的独生子女，不晒到最后，它迟迟不愿开裂。因为成长过程有点麻烦，一个形状的豆荚在乡村不大受欢迎，像封闭症少年。毛豆荚里长双籽的最多。三籽甚至四籽的都有，它们住在同一个单元里，像亲兄弟三四个，小时候大家睡在同一个大炕上，一身豆气，满是温馨。长大，便听"咔嘣"一声，急急跳将出来，还没顾上打个

204　　　　　文字的虎皮花纹

绿房子

辛丑秋月写
於郑
冯杰

安得广
厦千万间
柱邵的莫也
辛丑秋冯杰又

照面，为生计，大家就要忙于各奔东西，相忘于江湖。有的入人胃，入牛胃，入马胃。命运好的，返回大地，依然睡小小的绿炕，一年四季在作豆的轮回。

姥姥说："还有五个籽的毛豆荚呢。"

我至今没有见过五个籽的毛豆荚。像五子登科，一如乡村宠儿，最好，那可是上天的恩赐啊。几季不遇。

在豆秧的最高处还有一种豆荚，它长得均匀、整齐、长度适中，却不结籽，荚内是空的。里面铺的一面小炕都晾凉了。它爬得最高，到冬天都舍不得下来，在风中哗哗作响。像魏晋年代的晒衣节，众人都在晾晒一只只空靴子。它骨子里其实是期待人的关注。

姥姥称作"秕豆"。

秕豆就是瞎豆。还说这种秕豆荚像村里的某些人。突然一怔，大家都笑了。

2009 年 5 月 3 日

萝卜不语

　　北中原一棵上好的萝卜,首先要有性感,从色相上而论,一眼就能让人看中。如果没有性感,那也得有一点感性和一点理性。

　　(他问我:你是在说萝卜吗?)

　　一棵好的萝卜即使长得再好看,最终也让人和猪与兔子吃掉了,萝卜心甘情愿。正因为它们不会思考这些,这世界才不至于像人的思维一样混乱。

　　(他问我:你不是在说萝卜吧?)

　　　　　　　　　　2011年7月21日客郑

荷叶的格言

　　水珠从来就不会滞留在荷叶表面。荷叶凉性，去火、解毒，泡水当茶喝还治血压高、血脂稠、便秘。

　　年轻的时候，我为了给女友送一食疗单方，曾提着黄河边采来的一束鲜荷叶，从乡村搭汽车，飘然而至闹市，再穿越一座灰尘大于荷叶的城市，朝贡表忠心。像琉球国一位使者，来自东方。那时，心里一路荷香。

　　我那时带的可都是一丈见方的荷叶啊。

　　荷的家族名目繁多，最下面根叫藕，果实叫莲蓬，花朵叫莲花，和谐相处得像一种国家联邦形式的组合。

　　我二大爷当年在村里满口掉牙，就剩下一颗牙齿，还塞牙，我二大娘一看，原来是吃藕时候，竟套藕眼里了。

世上以齐白石、八大、张大千的荷叶为最贵，我在京城一家拍卖行看到齐璜一张荷叶拍了500万元，够卖一火车皮洗净的莲菜。再坐拥豪宅的人家，即使五个指头戴六枚戒指的当代暴发户，也没有人敢用这几位画家的荷叶来泡水利尿。

墨分五色之说，最好由荷叶来说。我还尝试过一个荷叶作画的方法，那雕虫技法如下：

画前，先在宣纸上洒几笔洗发液或白矾水，这样泼墨画荷叶，宣纸上就会显出来一种烟雨淋漓的效果。雨打荷叶江山固，最后再落款。有时我为了别出心裁，卖小聪明，还要在一张新鲜荷叶上涂墨汁，放在宣纸上拓印，叫拓荷（我起的名字）。这样出来的荷叶效果更加逼真，我能看到荷叶的纹理、结构。世间闲人才去把玩闲法。

荷叶还有一种功能，就是能制造格言。我姥姥说过一句家常话："有多大的荷叶就去裹多大的粽。"

想想，意思真好，这才是格言实用的好样子。自我少年时代开始，我就记着姥姥这句话。我开始延伸：这是一种对待世界的心态、心境。它教人从容，不慌忙，不夸张，不逼仄。有了回旋的空间，就不会有人生的捉襟见肘之窘。世界那么大，一个人肯定追求不完，迈步启程之前，你必须有一张能裹得住事物的"荷叶"，手执，心执。

辉煌庞大的东西我常常让给那些"大的荷叶"们。我不去裹。只喜欢小的、弱的、碎的，别人踢到边缘的、低声部的。我只干别人不做的事。

一家著名杂志搞作家资料调查，发我一张表格，上面有问答，像一张伪装的试卷，其中有一项让填"你一生最喜欢的一句格言"。我看到别人填的是李白、奥斯特洛夫斯基、丘吉尔、唐太宗、蒋介石、毛泽东、马克思的话。

那些格言铿锵悦耳，多是惊天动地。

我填上去姥姥这一句话。

"有多大的荷叶就去裹多大的粽。"

对我而言，这是一句够我裹住人生实用的格言。

2010年3月4日北中原

誰非過
客孰是
主人

馮傑

辛丑秋

花說我也
是過客

枇杷叶自有道理

那一天，我把一地枇杷叶子收集下来，装到塑料袋子，说这是中药，以后可以止咳使用。抓过中药当过药剂师的妻子冷笑了，说：你以为树上的每一片枇杷叶都治咳嗽啊？

那天，有的枇杷叶在院子上空绿着。

妻子精通药理，有了一番专业话题。

"药用枇杷叶是炮制后的，今年用的枇杷叶必须是去年枇杷树上采下来的老叶，树龄至少三五年才有药力，要用鬃刷把枇杷叶背面的绒毛刷干净，放到席上，晾到八九成干后，再码好，用绳子捆起来，再立起来彻底晒干，做药时候用药刀切成丝，药锅里加上蜂蜜和开水，放入枇杷丝拌均匀，用文火炒，炒到枇杷丝均匀黏在一起，又不黏手，取出来晾凉，这样才能用。"

一片枇杷叶有这么复杂？

这一通话把我的咳嗽吓回去了。

吴昌硕、齐白石、冯杰都画枇杷叶子。

一个人没有学问，看来都不配去咳嗽。

2016年11月

走在路上的茄梨

十岁以前，随同父亲，我们全家一直住在黄河大堤下孟岗镇一个小营业所，两排灰瓦房，院子中间一块一亩三分萝卜地，四周种有葡萄、柿树、苹果树、桃树、梨树、杏树、花红树，共计七种。不同的花朵在季节里被依次按性格推出来，大家就轮番登场，图的是日子热闹。

有树介入，一时就会感觉小院子幽深，辽阔。

一天，我骑在树杈上在看《中国古代寓言》，读到柳宗元"黔驴技穷"那一篇时，外面刚好也有一个"好事者"，他顺便移来一棵树，说这是一棵外国品种洋梨树，整个河南还没有栽培。那口气大，也宛如牵来"一棵驴子"，一棵贵州以外的驴子。

开始的两年里，梨树是筷子般粗细，一院子人都宝贝般待见着它，洋梨嘛。父亲告诉我说，它叫香蕉梨，后来树上总算艰难地长出一颗，近似独生子女。那颗梨色分两面，一面发红，一面发绿。形如一方肥硕的小葫芦。

到发黄的时候，上树摘下来，姥姥让我用棉花包着，搁藏在立柜里，说要放熟。果实也有相克，姥姥说，梨子和柿子不能同放，叫"梨柿哄"。简直是果木的起哄？

这颗梨子就捂得一屋都香。最后梨身发软，再储放恐怕就要坏掉。一天，用刀子破成几瓣，凡当时在座者，人人有份，一人尝一瓣，是个象征意思。

它的口感风格：面、甜、香。知道香蕉的味道大概就是这样。

以后记忆里一直储存着这种味道。深藏不露。世界上的味道是有选择性，童年往往选择最早的那一种味道，定形后，伴随终生。

我后来入世变俗，走向一个苍茫无奈的社会。远离了那种味道。小院里当年栽树的人一一都不在。他们都没有熬过树木。上天堂或下地狱。后来小院也改变面貌，再后来院子盖房开发，让商人折腾了。一座院子就如此这般轻易被时间淹死，灰瓦房飘浮在记忆里。

我只记得那种梨子叫香蕉梨。宛如记忆里某一个人，有一年自己终于看到了，却又要分别，以后，还会时不时骤然想起。

　　2010年初秋，陪同一位有济国抱负的"大丈夫"长春赶考，他说要干一番大事。我从考场回来无聊，一个人在长春东四道街闲晃荡，路上小雨蒙蒙，细雨里一时走得神情恍惚，走出了时间之外。那一年围着一方小水果摊子，一块吃一种叫"谷鸟"的水果。表妹一边纠正我：不叫"谷鸟"，小时候我们都叫"姑娘"。

　　看到路边果摊上也有卖香蕉梨，上书大字"茄梨"，3块3一斤。这不就是香蕉梨？我都误读了四十年，还是第一次知道香蕉梨竟有如此真名。

　　对它，我全家曾是以味命名，在这里却是以形命名。我就买了一袋，四个，暂叫茄梨。路上憋不住掏出来一颗，边走边吃，把核都一起吃完，咽肚。

　　到下榻处，袋子里只缩着一颗。就不惊动，让它在里面回忆。

　　一颗梨在袋子里面沉住气，它会静静回忆四十年前的一颗梨。然后，它们会说话，它们叙旧，它们重叠。

2010年8月14日客次

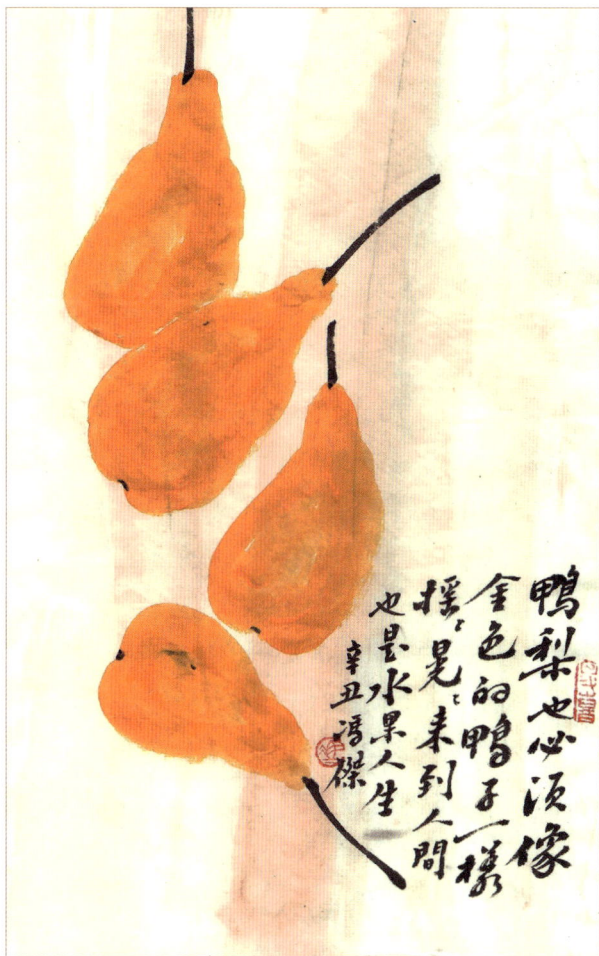

鸭梨也必须像
金色的鸭子一样
撰见未到人间
也是水果人生
辛丑湾傑

木瓜志

　　每到秋后，母亲会把一颗来自乡下的木瓜放到衣柜深处，用于防虫、熏衣。以后的日子里，木瓜就只管独自说着自己的香，使我家整座瓦屋里面都弥漫着木瓜味道。那种香显得纯正。我能铭记四十年。

　　后来我体会，像思想、主义、文化、民主、自由、情感这一些看不见摸不到的抽象东西，都有自己的味道，只是当时表达不出来而已。

　　对我来言，乡愁的味道是木瓜的味道。一闻到木瓜香，就想起来小时候第一次的翻箱倒柜，最后，终于找到那一颗呆呆的木瓜，它在衣柜里的某一块土布中间紧握着拳头。

　　再香的木瓜到最后都会干瘪，像人老去。我家衣柜里那颗木瓜像一把干涸的灵魂。敲弹一下，声音木木的，笨笨的。父亲还不让我扔掉，说还有用。

　　那些年母亲在小镇上一家被服厂里加工衣服，计件付薪，收入微薄。她从清晨开始到黄昏停止，要埋头蹬一天的缝纫机，最后要走路回家。母亲脚底上有许多老茧，还长鸡眼，脚趾都有点变形。用木瓜片泡水洗脚后，开始在一盏昏黄的灯下用小刀子削那些老茧。后来使用上了电，父亲扯了一个二十瓦电灯泡，开关一拉，就感觉亮得像一只秋天金黄的木瓜。

　　用木瓜泡水可舒筋活骨，治跌打损伤，还可以加煮上秋后的茄子棵，花椒。这是我的私家单方。

　　种一棵木瓜树曾是我多年果木情结里的一个心愿。

　　在乡村集会上，花了四元买到一棵小苗，长了五年，外观由细香到筷子。我只是替它着急，认为旁边那棵高大银杏树遮盖它的原因。我就冒犯着父亲生前常说的那句"人挪活，树挪死"的古训，在今年初春把木瓜树从银杏树下移到另一个开阔地方。

　　它竟沉住气，一个夏天都不肯发芽。我担心它要枯死过去。是方向不对，那木瓜树才沉默？我又大胆重新挖出来，调整一下方位。果然，几天后就吐出新叶。

一棵树的年轮走向也有方向感，应该和它原来所处的方向一样，不管走多远，这样它才肯说话。

从这次移植树过程，我知道木瓜树都在固执地坚持着自己的一种方向感。它上面结的果实一颗一颗都不由自主，命运难卜。

有点像我们村家族里外出闯世界的那些个体的浪子。村子却像一棵树，一直稳稳不动。

2010年11月初

葡萄简史

　　提起葡萄，我第一感觉与"曹操和青梅"通感，尽管中间隔着一千多年，并不影响我俩嘴里都会有相同的条件反射。都有口水。

　　世上多数人有《伊索寓言》里那只狐狸的情结。我也有，这是我活下去的立世法宝之一。我还记着我姥爷说过的话：货比货扔，人比人死。

　　且看徐渭搭建葡萄架。

　　徐渭画过写意葡萄之后，画家们不必再泼墨大写了，其他画家只有描鱼眼睛一般去工笔，只有添加蝴蝶蜜蜂。徐渭的葡萄须在中国画史里爬得最高，和八大的荷梗拥有一样高度。徐渭画葡萄的落款："半生落魄已成翁，独立书斋啸晚风。笔底明珠无处卖，闲抛闲掷野藤中。"一串墨葡萄劈头盖脸。是哲学的葡萄，呐喊的葡萄。

他还懂幽默，在信里说过：风在戴老爷家过夏，在我家过冬。

像凡·高割耳朵，徐渭是一位敢砸自己睾丸的艺术家。砸睾丸不同于砸核桃、砸葡萄。这挥槌可是论真格的，需要勇气。查查，这样不和世界合作的艺术家如今哪里找去？现代的行为艺术家敢挥槌砸睾丸吗？

元初有一画家温日观，人称"温葡萄"，比现在的"王葡萄""葡萄王"早得多，可见这道号先人们早玩过了。再玩就腻歪了。

画家一旦出了画纸，立即便不自由。就像葡萄须不能触及水泥和钢铁。

我是在葡萄架下听外祖母的讲古里长大的。葡萄须弥蔓。它触及了储藏的烛光，折叠的炊烟，羊胡子里的童话。知道葡萄须在露水里触及向上，葡萄须的长度大于月光。

我们村里还有一个说法，七夕这一夜，只有选在葡萄架下这个位置最好，一片迷蒙，才能听到牛郎织女的耳语。他们都说什么呢？

那样的年代，他们没有微信，他们没有手机。他们甚至不会写信，银河未设驿站和信使。再说，都成旧事了。

葡萄年轻时青色，年老时紫色。吃到肚子里无色。这就是葡萄的一生简史。

2015年8月七夕前

耳語

辛丑秋
馮傑記舊

木槿的矛盾

　　木槿花有玫瑰红、粉红、蓝、白多种颜色。我家的一棵为粉红。是有一年我从北中原乡下移来的，那时只有一杆筷子粗。

　　木槿绚烂，可惜朝开暮落，古书上说"仅荣一瞬"，这才叫"舜"。《诗经》里"颜如舜华，颜如舜英"说的是女人容颜之美，青春易逝，也犹如木槿。却让我延伸到世间所有的美好，都如木槿。我觉得这花应是开在魏晋六朝的"年代花"。那时的古人早已把道理说完讲透彻了，面对一张白纸，我自然出不了新意。

　　木槿个体寿命短，整体花期甚长，从夏初开到秋末，到盛夏，开始在我的院子里大放。《礼记》上说"仲夏木槿荣"，它当了二十四节气里的一截节气的坐标。我读过泰戈尔的名句"生如夏花之绚烂，死如秋叶之静美"。他说的这种大境，达到的人不会多，但花却达到了。尽管他没有仔细交代，我总是认为"泰老"标榜的这一种"夏花"就应该是中国的木槿，我院子里栽的木槿。高丽人的国花。

木槿从农历五月，开始以小时为单位，来计算自己生命的长度，花瓣像时光在一寸寸地开始收敛。我家吃早饭的时候，一方青石圆桌旁，木槿花就在头顶上开放，到吃晚饭时就看不到原来那朵，每天六十七朵花我都熟悉。王维说："山中习静观朝槿"，他说得比我想得准确。我吃早饭时看到的只是王维的片断。只是后四字。

母亲晚年时说过，木槿花还能炒着吃呢，这也没有出乎我的想象，在有母亲的那些日子里，再平常的家常菜蔬母亲都能做出花样。乡土出身的母亲小时候吃过我姥姥做的木槿花，我却没有吃过母亲做的木槿花，母亲就不在了，果然是瞬间一般。这花也叫"舜"啊！

相随母亲四十年的时光那么短暂，就像一朵木槿花，说落就落下来，速度比泪滴落得都快。

有一个中医方子还告诉我，木槿叶泡水可催眠，疗效显著。母亲去世后，我得了一种抑郁症，夜不能眠。槿叶催眠，但自家的木槿叶却也不能治好自家主人的病。

木槿花凋落，又要安妥。忧郁，又要催眠，瞬开，又要永远，消失，又要纪念。都让它融为一体了，这真是一种矛盾的植物。

2006年9月11日

荞麦定律

荞麦壳做枕头芯最宜人。它安神、宁静、补脑。

据我推测，若一个人从三岁开始枕荞麦皮，一直枕到十八，考上"北大""清华"绝对没问题。我之所以没有迈上名校门槛，不是智商低，完全与当初不坚持枕荞麦皮有关。谁若不信，听我话去装一个荞麦枕头试试，不会吃亏。

小荷就有一个荞麦枕，已枕了七八年。今年夏天，在离荞麦很远的一座喧嚣的现代都市，她见到一个卖荞麦壳的乡下人，旧事重提，围着乡下人买了两斤荞麦壳。用水淘净，细心地摊在阳台上晾晒。

有的荞麦粒没有及时入仓，漏网了，仍在壳里待着，经水一过，都发了点点小芽。她装在枕头芯里，夜里，说能听到沙沙的声音。

童话意境，不做好梦才怪，谁还顾得上睡觉？

荞麦永远是一个温馨又乡土的字眼，叫起来有一种带节奏的口语感："荞——麦——"发音的口形先开后合，呈自然起伏状，像叫一个没见过世面的乡下孩子，那孩子来到城里迷路了，找不到家了。忽然，后面有人温暖一喊，"荞——麦——"

关于荞麦，我还记得少年时从旧书上读过一篇记不得谁写的外国小说《一碗荞麦面》，是一篇写母子相依为命的小说，调子有点伤感。我还知道二百多年前，一位是中原学问家吴其濬写过荞麦，他著过中国第一部以植物命名的专著《植物名实图考》，亲自插图，一棵棵木刻荞麦在里面吹起的中原风中开始摇晃。

这种书非有乡心与闲心者编不出来。他说荞麦"北地夏旱则种之，霜迟则收。"这话看着亲切，我姥爷说过北中原乡间农事，若当年天旱，播种不上，错过时节，可种荞麦"补荒"。

"补荒"的感觉像上学时有一道填空题，在学校做不出来，只好拿回家补上，这叫"补荒"，其实补的是"心慌"。收成不论，荞麦带来的更多是一种安慰。

还说那一天。小荷对自己所买的荞麦皮仍不放心，专门给远在数千里之外的母亲打个电话，问荞麦的形状、模样，以求证实。养成习惯了，只有老人说的才算"荞麦定律"。

老人最后还在电话里出了一个谜语"三片黑瓦盖座庙，里面坐个白老道。"让电话这头猜。

庙之外的老太太更有意思。

小荷对我说："那是荞麦——"

是荞麦肯定错不了，绕了这么一大圈子，从中原到北国，一大截长途电话费早高过了眼前那二斤荞麦壳皮。

我说以上所有人物都不是主角，都不重要，包括荞麦。只有一个，坐在黑瓦庙里面的那一位白老道才是主角，捋着胡须，一定在笑。

2000年6月1日

对草的另一种阐释

他的影像是捺印在一株草上。

——题诗

《诗经》是不是孔子编的早已无关紧要，那位编纂者肯定是一位充满着乡土情怀的人，他即使一生不去写一首诗也是一位诗人，因为在他的骨子里，始终贯穿有乡土感。

那里面充满着草的气息。

每一页都长满了青草，有芥、蕨、蘩、蓣、薇、瓠、甘棠、卷耳。车前子草一夜之间都能长到书的背脊上啊，仍然还向你蔓延。

飘浮在第一页上的是荇菜。蔬菜与爱情有联系，这大概是最早的记录，只不过后来走调了，才使得蔬菜市场与家庭有了密切关系，营造爱情得先吃菜。荇菜大概就是河上漂的一种水葫芦之类，因为有了水葫芦从文学史上突然冒出来啦，后面很自然地该是"寤寐求之"一句紧跟着出场了。《诗经》现代版其实应译成"水葫芦啊水葫芦，白里透亮的水葫芦，夜夜梦里我追求。"美国意象派艾兹拉·庞德之流的大师们多用这种卑鄙的手法，一锅就烹饪了中国典雅的古诗。

如今，在这个现代社会里，每一个还能叫出来几种草名的人都令我骤然无限感怀喟叹，因为现代人们讲得更多的是升值、下跌、指数、级别这些令人心跳血压升高的词汇。

我看到这样的资料，科学研究表明：人远离草木，冷酷无情，那些接近青绿的人，在与邻居或其他人和谐相处方面，都比较少接触绿色生命的人为佳，周围不见青绿的人大多与邻居的关系较差，家庭暴力的情况也严重得多。因为草木造成的环境含有比市区大得多的空气负离子及氧气，对那些友善青草们的人，生理心理以致灵性方面，都有很大益处。

草的家族那么庞大，像大海里的鱼类。我所常见的仅是其中很小的一部分，所知道的几种草也多为田野里能吃的那些。现在城市里已逐渐兴起吃野菜热，但这更多是与美容与长寿有关，它只能证明一个时尚媚俗时代的开始与来临，而不是返回自然。

在北中原，野菜的吃法有两种。

一是拌上玉米面蒸吃，如马齿苋、芥菜、水萝卜棵这些。另一种是凉调生吃，又分生调食与熟调食，曲卖菜、薄荷，洗净揉搓，配以调料，可生调食。熟调的有杨叶、柳絮，煮熟浸泡后，去苦味调食。我们中原黄河下游的柳絮是吃中最好的。学者陈平原第一次在开封吃柳絮，给这种菜起了很诗意的名字"月上柳梢头"，就显得有点雅俗了。要知道，历史上我们中原人吃这种柳絮，全是因为生活艰难，以菜度日。

时光的流失对于任何事物都是无情的，时间对野菜也同样充满着决定或暗示性的作用。"当季是菜，过季是草"，这是北中原对野菜总结的乡谚，如茵陈蒿，我们乡下又叫白蒿，早春采集白毛的幼苗食用，中药称"茵陈"，若一不留神过了季节，抽茎成蒿草就不能食用或入药了，成嫁不出去的老姑娘。民间的"最高语录"是"正月茵陈二月蒿，三月四月当柴烧"。看来，在这个世界上，当好多美好的事情来临时，你千万不能失去机会。李商隐诗"此情可待成追忆，只是当时已惘然"，说不定就是说的吃野菜。

野菜分学名和乳名，各有千秋，如卷耳菜又叫婆婆指甲草。银胡菜又叫霞草，像小时候跟着姥姥走亲戚，在陌生的邻居家，忽然听到谁喊起一个姑娘的名字。面条棵又叫油瓶菜，一片小康水平，恍惚、叮叮当当。有一种菜名则不妙，叫抽筋菜，一听这名字就像在情人面前坦白时身体的发抖。有一种叫歪头菜，大概这草从小就没有正经过，是个可爱的小痞子，这可属"垮掉的一代"范畴。

与动物有关的更多，俗名比学名更有乡土味。有一种中文名叫葶苈，小名叫猫耳朵菜。一种中文名叫委陵菜，小名叫猫爪子菜。与鸡有关的叫鸡眼菜，却倒让人想到脚上长有鸡眼，与鸭子有关的叫鸭儿芹。飞蓬的学名倒叫小白酒草，这真该颠倒一下称呼才合乎习惯，这种野菜对治疗喉炎有效，现代流行的歌唱家一个个之所以唱得歇斯底里，令人感觉如苍蝇过耳，原因就是与不认识飞蓬草有关。

有一种叫山莴苣，俗名叫驴干粮，大概是小媳妇骑驴回娘家时，那种草就在路边傻乎乎地待着，在打蔫儿，在单等那一头小毛驴中途来美美地就餐。

现在有些长途客车与途中的饭店合谋，多在途中宰客，刀不见血，天衣无缝，恐怕就是来源于"驴干粮"的启发，那实在是草的不幸。

有一种叫迷糊草，听听，就冲着那个迷字，就有迷死人的感觉，一眼就让人想到它的来历一定与一次艳遇或一套美人计有关。偏偏又有一种草叫笔管草，像个匆匆忙忙赶考的白面书生，在路上的驿站里，一不留神就落进这一口"美人井"里了。这野菜可以凉拌、蘸酱、做汤。不过我们那里多不吃它，更多是不分青红皂白，一把就将书生与美人通通一块喂驴了。

最不好辨别的是那种叫田紫草的，它有两个俗名，一个叫麦家公；一个叫毛妮菜。不男不女，好在有个姓氏，做个太监也无妨。

还有一种叫红四毛，像我小时开门见到一个讨饭的孩子，流着鼻涕。这孩子比漫画大师张乐平笔下的孩子还多了一道工序呢。铁苋菜的俗名叫血布袋棵，真是一部令人有点恐怖感的江湖传奇。

叫独行菜的像一个身怀绝技、仗剑行天下的侠客。而叫上去口感更气派的是那一种叫飞廉（Carduus crispusl）的草，它毛刺刺地，像个愣头愣脑的孩子。我小时候逃学时，经常在路边看到，它像一头刺猬缩着脖子，看着我，我只能躲着它，远远地望着，多少年之后我才知道你的大名啊，飞廉。

我这些关于草的知识全来自童年。如今在北中原，与它们的距离越来越远了，远得令人伤感。我已无法看清草叶背后的纹路，也听不到草叶的呼吸声，夜静时分，常一人流泪。

现在，爱我的人和我敬爱的人都不在这人世间了，在他们的身边，如今都长满萋萋青草，那些青草一年比一年高，有的草我能叫出名字，而有的草我则永远叫不出名字了，因为在这个世界上，再没有人能告诉我它们那些温馨的乳名了。

1997 年 5 月 9 日

所谓岁月静好
现世安稳恐怕是
多庱廠大的對我
們小人物而言
無非是
居有其
室食有
其米看得
出陽臺上種
靜靜放置一盆
鮮花而已
辛丑初冯傑

文字的虎皮花纹

一棵草的重量

    在传到我手里一册昔日的俄罗斯诗集里，我翻到一棵草，不知夹进去多少年，它早已干枯。

    捡草的手，抚摸在普希金蓬松鬓角之侧。草叶子上嫁接着几行诗，遮着最辽阔丰美的大地意象。

    是一本半世纪以前的书，1952年出版，那时我还没出生。谁夹进去的？是驿站？还是故园？是归人？还是过客？是男，是女？

    草还在草的梦里继续行走。

    一棵短草的重量被我假设得如此丰富。

    一棵草像远处一条河流，在尽头，在一个乡村少年那岸，被什么遮住了，它从上游流不过来，下游的草，如河流在远方闪着白光。

2001年1月1日

看見一次世界
辛丑初秋 溥傑記

文字的虎皮花纹

锻梦作札（代跋）

冯　杰

这些文字新旧交替，最新是昨夜，最早是二三十年所写零散片段，旧梦新拾，拾起来有点惊梦惊心，尽管看起来都是树叶子，风平浪静。

我归类为这不是一张虎皮，只是上面零碎的斑纹。

我面对所谓的深刻，更喜欢看我文字能轻松微笑的读者，前者是内敛，后者是花开。毕竟一生那么快就过去了，快时像贼出手，像一道闪电，慢时也像吃一碗捞面条。

打开小册页。你也不必去想造碗的陶瓷工，当午的锄禾者，以及中间的磨面的那一头驴子和额头的一点红。